W0182588

L’OGRESSE MET LE FEU

Dépôt légal 2e trimestre 2013
ISBN 978-2-918634-20-1
ISSN 2013 544X

Didier Fohr

L'OGRESSE MET LE FEU

Roman

*T*ERRITOIRES *T*ÉMOINS
Borderline

Collection Borderline
Du même auteur dans la même collection :
« *Une secte et quelques monstres* »
« *Les filles maléfiques* »

Tous droits de traduction, de reproduction et d'adaptation
réservés pour tous pays
ETT / ***É***ditions ***T***erritoires ***T***émoins
© Association Territoires 2013
www.territoirestemoins.net
couverture : © INFINITY-Fotolia.com

« *Enfin serein dans votre salle de bains*
avec ce tapis révolutionnaire, jamais vous n'aviez éprouvé
une telle sensation de bien-être et de confort »
Catalogue Vitrine Magique

« *La caravane s'était évanouie.*
Le silence et le vide à perte de vue :
un gouffre horizontal »
Jean-Paul Sartre,
« *La Mort dans l'Ame* »

1

Le toit s'est effondré. L'usine a été entièrement détruite par les flammes. Il ne fait pas encore tout à fait jour. Autant qu'il puisse faire jour un matin d'hiver à Varengeville. Une épaisse fumée s'échappe encore des tôles chiffonnées. Elle se mélange à la brume glaciale, celle qu'exhale la forêt. Les pompiers ont décidé de laisser leur dispositif une partie de la matinée. Ils n'ont pu que laisser brûler quelques bacs de produits chimiques. Ils ont réussi à en isoler un stock plus important dans une annexe. Le jeune commandant des opérations de secours s'apprête à plastronner devant la caméra de la télé régionale. Un post-ado propret, à peine sorti de ses jeux vidéo mais qui continue visiblement la lotion anti-acné. Ses hommes, tout près, le regardent goguenards en défaisant leur casque, les rides autour des yeux soulignées par la fumée.

Mathieu prend les informations à la volée. Cette satanée rage de dent se réveille malgré le clou de girofle qu'il a coincé contre sa gencive. Il échange quelques coups d'œil avec les pompiers. Il préfère finalement s'éloigner en direction d'un groupe réuni sur le parking.

Une trentaine de salariés. Turcs, pour la plupart. La meilleure main-d'œuvre pour les métiers difficiles, dit-on. En embauchant ce matin ils ont découvert qu'ils avaient perdu leur travail en approchant du parking.

« On fait du traitement de surface, on recouvre les boucles de ceinture et tous les trucs en fer des sacs à main ici », explique l'un d'eux à Mathieu. « On travaille pour les grandes marques comme Guerlain, Prada. Même si on a pas forcément les moyens d'acheter les sacs à nos femmes ».

C'est Ismet, le contremaître qui a découvert l'incendie en arrivant vers cinq heures ce matin. Tout était embrasé. Les voisins de l'usine avaient déjà alerté les pompiers. Le feu a démarré par une série d'explosions très violentes. Les bouteilles de gaz, sans doute, et les fûts de produits chimiques. Une odeur âcre et irritante sature l'atmosphère. Ajouté au clou de girofle, c'est un bonheur.

Quelques salariés restent interdits dans le froid en regardant les pompiers s'activer au milieu des décombres. Une vingtaine d'autres écoutent un policier. Deux ou trois femmes pleurent entre elles. Mathieu s'approche. Une quinquagénaire sanglote dans les bras d'une plus jeune que l'on devine assez forte sous un long imperméable. « Les dégâts sont impressionnants », glisse Mathieu. « On a une idée de l'origine du feu ? »

La jeune femme et la plus âgée se détournent, l'air outragé. Mathieu n'insiste pas. Il s'éloigne vers un autre groupe. Un jeune lui demande s'il est policier avant de lui répondre. Mathieu dit qu'il est juste journaliste. « Nous sommes une cinquantaine là-dedans. Et on déborde de commandes en ce moment. On ne sait rien encore pour l'instant, mais je crois bien qu'on n'a plus qu'à chercher un autre boulot ».

- Je suis désolé, soupire Mathieu. Vous avez un responsable ?

- On ne voit jamais le PDG, il a laissé les clefs de la boîte à la Grosse. C'est elle qui porte la culotte ici.

Un coup de menton vers la jeune femme en imperméable, qui n'a rien perdu de la scène. Celle-ci s'approche, monolithique, avec une démarche saccadée. « Vous n'avez rien à faire ici », lâche-t-elle. Il y a de la colère dans sa voix. « Vous pourriez au moins respecter ces gens qui ne peuvent plus travailler. Arrêtez de fouiner. Laissez-nous maintenant ! »

Deux solutions. Expliquer gentiment ou non qu'on est en train de faire son travail et que, quoi qu'il arrive, un article sortira demain dans le journal avec tous les éléments concernant cet incendie. Mathieu préfère la seconde. Il s'efface pour éviter l'accrochage. Le jeune homme lui adresse un demi-sourire désolé. « Viens Akhan, on a autre chose à faire que de parler aux charognards », conclut la boulotte avec un rictus impressionnant.

Mathieu en sait déjà beaucoup. Il s'approche des policiers qui le saluent. Depuis cinq ans qu'il tient la rubrique des faits divers à Varengeville, le journaliste les a déjà tous croisés une bonne dizaine de fois au pied d'un bâtiment en flamme, devant un accident, dans une manif ou au bal de l'amicale de la police. L'un d'eux s'approche. « Salut le journaleux. Toujours dans les bons coups ! » Il pose un bloc-notes sur le capot d'une voiture pour fermer son blouson. « Toi, tu as encore fait fort hier soir. T'es coiffé à la brosse à dent ! Mon pauvre, on ne pourra pas te dire grand-chose sinon qu'une usine vient de brûler… »

Mathieu se renfrogne. « Merci de ton aide… » Sur le bloc, le policier a commencé à prendre les coordonnées des salariés. Le portable du jeune Akhan y est inscrit. Mathieu s'empresse de le mémoriser. Il porte sa main sur sa joue. « Tu connais un dentiste à qui il resterait un fond d'humanisme ? »

Le flic rigole. « Tous des barbares. S'il y a une seule spécialité qui n'a pas évolué depuis le temps des estourbisseurs de chicots, c'est bien eux. En tout cas, ces saloperies de produits chimiques ont tout ravagé. Le feu a pris dans la partie administrative. Mais bizarrement, c'est la moins touchée. Là, on va mettre un périmètre de sécurité. Il vaut mieux ne pas trop s'approcher. L'identité judiciaire arrive ».

Mathieu s'éloigne, la main toujours en protection de la mâchoire gauche sur laquelle on pourrait faire chauffer deux ou trois paninis tandoori. Le photographe du journal n'est toujours pas arrivé. Patrick, décidément, n'assure pas une cacahuète. Mathieu devra encore le couvrir. L'air de rien, il commence à faire le tour du bâtiment. A l'arrière, une lourde porte métallique est entrouverte. On aperçoit les vestiges d'un grand atelier, entièrement carbonisé et recouvert de poutres métalliques torturées par la chaleur. Des bacs fondus, le squelette charbonneux d'un chariot élévateur, des établis noircis, une blouse encore accrochée à une patère et à demi-calcinée, un poster ringard incitant à porter des lunettes de protection. Il se dégage encore une chaleur étonnante de l'amas de décombres. Mathieu s'approche. Daniel, un vieux pompier, s'extirpe d'un enchevêtrement fumant. Il a un tournevis à la main et un vieux chronomètre. « Bof, tout va être détruit », dit-il. « Et il fallait justement que j'achète un cruciforme. Tu as une mine de déterré, toi ! » Mathieu grogne. Le vieux pompier enlève son gant pour lui serrer la main. « Tiens, viens voir. Tu auras la primeur ».

Daniel remet son gant et entraîne Mathieu dans l'atelier détruit. Un passage est encore possible le long d'un mur. Un coup d'œil sur le toit. Il a l'air de tenir encore à cet endroit-là. Mathieu suit le pompier sur une vingtaine de mètres, passant par une série de portes qui conduisent vers un bâtiment un peu plus épargné. Le pompier s'arrête et montre du doigt un bidon éventré au sol. « De l'essence », dit-il. A peine plus loin, il désigne un pan de mur qui a été presque soufflé. Une silhouette s'y dessine assez nettement. « Tu as compris ? Le type qui a mis le feu a été soufflé par l'explosion du jerricane. Il a été projeté contre le mur. Regarde, sa tête a presque défoncé le placo. Il doit être dans un sale état en ce moment. On n'a retrouvé personne dans les décombres. Tu l'as en exclusivité et même avant les flics ! Plaisir d'offrir… »

Mathieu consent à lâcher sa mâchoire pour sortir son Leica. Il prend deux ou trois images, une vue d'ensemble et quelques détails. Sur la photo du mur, on aperçoit nettement l'image d'un corps en négatif. L'effet blast a dû être d'une violence inouïe.

Mathieu retourne vite à l'extérieur et reprend son pas de promeneur innocent. La voiture banalisée de la PJ arrive sur le parking, Toussaint en sort avec Morel. « Pouah, tu ressembles à la créature des Marais ce matin », dit le premier. Mathieu répond qu'il lui faut un dentiste d'urgence même s'il n'a jamais réussi en trente-quatre années d'existence à faire une seule fois confiance à cette sous-catégorie du genre humain.

Toussaint ajuste son brassard « police ». « Bizarre cette odeur, on croirait que c'est une usine de clous de girofle qui vient de cramer ».

2

Milie se réveille. Milie est belle. Bordel ce que Milie est belle ! Elle s'appuie sur un coude, les seins tout pleins de sommeil. « Tu as encore sauvé le monde cette nuit mon héros ! »

- Arrête, c'est pas drôle, je commence à fatiguer d'aller voir des trucs noircis en pleine nuit. Avec l'inévitable emmerdeur qui se croit obligé de te jeter.

- Cette odeur… Je ne savais pas qu'ils faisaient du jésus de Morteau au clou de girofle ?

- Je vais prendre ma douche.

- Tu as trouvé un dentiste ?

- Ils ont tous été condamnés pour actes de torture et de

barbarie. Mais là, ça s'est réveillé avec le froid. Je vais aller voir un cordonnier, un empailleur ou je ne sais quoi.

- Peut-être je vais redormir un peu. Milie se retourne en commençant par les fesses. Elle retrouve l'oreiller avec volupté.

Après l'avoir sauvé, Mathieu contient un irrépressible besoin de repeupler le monde

3

Au Café de la Paix, Mathieu retrouve Pierrot. Il était en reportage hier soir et s'accorde un café supplémentaire ce matin avant de rejoindre la rédaction. Pierrot des grands jours. Une barre sur le front, les yeux étrangement enfoncés dans le crâne.

- Tout cela me fait chier Mathieu.

- Quoi ?

- Tout. Les gonzesses, le boulot, les potes. Tout me fait chier.

- On est en février, normal. Tu sais bien que tu nous plantes une crise tous les mois de février.

- Ouais. Mais là, c'est différent. J'ai quitté Yelda hier soir. J'ai dormi au bureau cette nuit, il faut que je trouve un appartement.

- Comme tous les mois de février. Tu m'épates. Tu chopes au printemps, tu t'installes l'été, tu roucoules l'automne et tu craques à la fin de l'hiver. C'est comme ça depuis que je te connais.

- Oui mais moi je ne suis pas un type qui rentre du boulot avec des récits héroïques de sa journée. Je ne suis pas l'employé minable qui s'attribue devant sa femme des répliques définitives envoyées à son chef de service. Je n'aime plus Yelda, je n'ai rien à lui raconter.

Pierrot vide sa troisième tasse de café. Mathieu imagine une

Yelda un peu perdue devant les états d'âme impossibles de son ami. Il n'a rien à répondre à Pierrot. Même pas envie de lui offrir un quatrième café.

A la rédaction, Gormeau s'impatiente. Il est au téléphone dans son bocal, il appelle Mathieu avec de grands gestes. Patrick, le photographe, attrape Mathieu pour lui dire avec un air cauteleux qu'il s'est rendormi après son coup de fil à cinq heures du matin. Mais qu'il est quand même allé faire un ou deux clichés avant de venir au travail.

- Incendie criminel ! On fait péter la une, je trouve de la place en région. On met le paquet. Je veux le récit des faits, un encadré sur l'entreprise et des témoignages. Les voisins, le maire…

- Pour l'instant rien de sûr, répond Mathieu. Je gratte et on fait le point après. C'est un gros coup mais…

Gormeau est encore au téléphone. Il raccroche. « J'avais le rédac-chef, il veut du lourd sur cet incendie, il me dit qu'il faut muscler la locale Varengeville. On va la muscler ! »

- On va faire comme d'habitude hein ? Juste notre boulot…

- Launay, c'est pas toi qui a la pression tous les matins et ça se voit.

- C'est l'actu qui commande, Monseigneur. Je veux bien qu'on fasse plaisir au rédac-chef, mais on fera avec ce qu'on a et tu le sais bien.

Crise de rougeur de Gormeau. Une plaque nerveuse apparaît instantanément sur la joue gauche. « Si tu me prends pour un con »… commence-t-il. Le bras de fer est inutile. Mathieu pense à Pierrot et ses répliques définitives. Il quitte le bureau.

Yvette est un sourire. La secrétaire de la rédaction s'amuse à chaque arc électrique entre les uns et les autres. « Tu nous l'as encore vexé ! Après, c'est sur moi que ça retombe. Il est froissé toute la journée ! »

- Tu n'as qu'à lui sortir ce sourire-là. C'est comme un grand fer à repasser sur les visages.

- Bien longtemps qu'il ne voit plus mon sourire.

- Vu les rougeurs, tu l'as peut-être oublié, le fer, sur le visage de Gormeau.

- Tu as une sale mine Mathieu. Toi aussi tu as une plaque rouge sur la joue. Tu stresses comme lui ?

- Besoin d'un dentiste. Mais qui aurait d'abord fait un doctorat d'état en psychologie avant son CAP d'arracheur de dents.

- Va voir le mien, il est extra, juste à côté du journal. Son assistante va te plaire !

- Pas du genre à fantasmer sur les assistantes dentaires. Et je te rappelle que je suis presque remarié ! C'est comment le nom ?

- De ta future épouse ?

- C'est toi que j'épouserai un jour. Un jour.

- Storckel, Jean-Marie. Son assistante, c'est Cindy. Il a une relation avec elle depuis au moins six mois. Je les ai surpris l'autre jour. Ils ne m'avaient pas vue dans la salle d'attente. Ils sont chauds-bouillants tous les deux.

- Pourvu que le corps exulte ! C'est bon, je passe un coup de fil et je l'appelle ensuite.

4

- Akhan ?

- Oui.

- Bonjour, je suis le journaliste de tout à l'heure. Je peux vous parler ?

- Non pas du tout. Nous sommes avec la police... Pourquoi vous voulez me parler ?

- Pour savoir. Je ne comprends pas ce qui se passe dans cette boîte.

- Bon je vous rappelle dans une demi-heure.

Mathieu tente les cachets puis le sac de glaçons. La douleur devient insupportable. Il prend rendez-vous chez le dentiste. L'assistante a effectivement une voix à se taper la langue sur la table.

- Elle voulait me virer. Elle me l'avait dit. Vous n'avez pas idée de la façon dont elle gère cette boutique. Elle se tape les types un à un. Moi je n'ai pas voulu. Elle tient tout le monde comme ça. Et avec des fausses maladies aussi. Je suis arrivé là il y a trois mois en intérim, elle n'arrête pas les allusions, toute la journée. Au début je croyais que c'était pour rire mais pas du tout. Elle s'envoie vraiment les mecs. Elle dit tout le temps que c'est elle qui tient le manche... J'ai fini par l'envoyer paître et elle m'a dit qu'elle voulait me virer. Elle ne me donne plus de boulot, elle me fout à l'écart. Elle m'a dit aussi qu'elle avait suffisamment de relations pour que je ne trouve plus jamais de travail. C'est vraiment une...

- Qui a mis le feu ?

- Ça...

- Un type qu'elle aurait viré ?

- Je ne sais pas. Demandez à Ismet. C'est son préféré. Elle l'a bombardé contremaître il y a un an. C'est lui qui a droit aux sucettes royales.

- C'est quoi ça ?

- Certains matins elle distribue les « sucettes ». Elle chope un mec et le suce dans son bureau. La sucette royale, c'est un peu plus poussé si vous voyez ce que je veux dire.

- Plus qu'à porter plainte pour harcèlement. C'est un peu bizarre mais je ne vois que ça...

- On verra. Pour l'instant, on va se retrouver en chômage technique. On attend toujours le PDG. Elle m'a engueulé après qu'on se soit parlé. Elle m'a dit que cette fois elle était obligée de me liquider.

- C'est quoi son rôle dans l'entreprise ?

- Elle est comptable. Mais le boss lui fait confiance sur tout. C'est elle qui gère. Depuis deux ans.

- Bon je ne sais pas trop ce que je vais faire de tout ça. Je peux vous rappeler un peu plus tard ?

- Bof, moi je vais regarder ailleurs. Ils parlent de nous transférer dans une autre unité provisoirement. Mais pas tout le monde. Il faut vite que je trouve autre chose. Avec une licence de chimie, je me vois mal continuer à faire le manœuvre en intérim avec même pas le smic et une grosse saucisse qui me poursuit tous les matins.

5

Cindy ondule. Cindy volète. Perchée sur des jambes irréelles, elle a inventé une forme d'équilibre inédit. Sa poitrine n'est pas grosse mais suffisamment pulpeuse pour donner à croire qu'elle voudrait s'échapper de la blouse. Un rouge à lèvres iridescent, cheveux blond vénitien lissés sur une coupe déstructurée. Et une façon de faire son show, l'air affairé, parfaitement dans ses repères et dans le cadre habituel où s'exerce sa beauté. « Le docteur va arriver », dit-elle d'une voix sirupeuse. Mathieu, matois, mate comme un fou, l'air de rien. Il s'allonge sur le siège qui descend, s'incline et s'immobilise. Il joint ses deux mains sous la grande bavette ridicule que Cindy vient de lui clipser autour du cou. Il fait semblant de ne pas avoir senti le sein gauche de l'assistante sur son bras. Tout est normal, dans l'ordre des choses. Dieu que ce nouveau jean est étroit pendant que Cindy l'opère.

Cindy s'escamote en deux coups de claquettes. Mathieu se sent à la fois ridicule, mort de trouille et fatigué. L'énorme lampe braquée sur lui ne l'éblouit pas, curieusement. Une voix grave et chuchotée lui parvient du bureau d'à côté.

- Je comprends... On va voir ce qu'on peut faire. Tout a brûlé ? Bon. C'est une sœur, j'en parlerai en loge ce soir. On a Berche chez nous tu le sais, le commissaire. Il est encore compagnon mais il progresse bien. Il passera maître cette année. Je lui en toucherai deux mots. Il ne faudrait pas qu'elle soit embêtée. J'ai quelqu'un… Je t'embrasse.

Le dentiste arrive. Un quinquagénaire qui quinquagène à merveille. Les tempes grisonnantes, les lunettes fines, la blouse irréprochable. Il se dirige machinalement vers un lavabo, se lave méthodiquement les mains et se tourne vers Mathieu. « Alors ? »

Mathieu explique. Il est troublé par les bribes de conversation entendues. Parlait-il de l'incendie de la nuit ? Et surtout parlait-il de la comptable ? La première occasion pour lui tirer les vers du nez…

« Ouh là, je vois », susurre le dentiste plongé dans le palais de Mathieu. « Ça doit faire un moment que vous traînez ça… »

Mathieu ahane, un borborygme lamentable sort de sa bouche. Avec deux mains dedans et quelques outils, c'est normal. Le médecin se retourne et s'empare d'une seringue en métal. « Je n'ai pas pu venir avant, avec ce foutu métier. Cette nuit, j'étais encore sur un incendie… »

- Pompier ?

- Journaliste.

La seringue s'approche. Mathieu ouvre grand. « L'incendie de l'entreprise G3E ? », s'intéresse le dentiste. « J'en ai entendu parler pas plus tard qu'il y a deux minutes… »

- Grihinê !

- Comment ?

Un mouvement d'yeux pour faire comprendre qu'il ne peut pas prononcer mieux. L'aiguille pénètre la gencive. Mathieu fixe la lampe opératoire comme si son salut pouvait en provenir.

Le dentiste retire son aiguille et toute la seringue.

- Criminel, reprend Mathieu.

- Ah ? Mais qui peut vouloir détruire une entreprise qui marche aussi bien ?

La seringue est rechargée. Mathieu ouvre à nouveau la bouche.

- Une drôle d'histoire, reprend le dentiste. C'est une amie qui dirige la société. Vous êtes sûr de ce que vous dites ?

Mathieu se contente de cligner des yeux. Cindy vient de faire son apparition. Elle triture maintenant d'inquiétants tuyaux sonores avant de lui enfourner dans la bouche. Bouche dans laquelle on vient de couler une dalle de béton. Un invraisemblable effluve de parfum semi-bon marché parvient à Mathieu. L'assistante travaille machinalement. Le dentiste s'empare cette fois d'outils pas tellement sympathiques. Mathieu se concentre à mort sur la poitrine qui s'appuie de nouveau sur son bras en se disant qu'il y aura des jours meilleurs.

Une fois Mathieu débarrassé d'une dent, le dentiste revient à la charge. « Comment peut-on être sûr que c'est criminel ? »

- Vous trouverez tout dans le journal demain, répond Mathieu. Mais je peux vous dire que j'ai vu de mes yeux la preuve qu'une personne a utilisé un jerricane et a dû avoir chaud aux fesses. Elle a été projetée par le souffle de l'explosion.

- Incroyable. Vous travaillez pour quel journal ?

- Le seul du coin.

- Je vois. Reprenant le dossier, le dentiste ajoute. On va se revoir Monsieur… Launay. Il y a encore un peu de travail. Voyez pour un rendez-vous avec Cindy.

Dans le même temps le praticien vient de serrer la main de Mathieu tout en se dirigeant vers la salle d'attente pour aller chercher un autre pénitent.

Un dentiste transposé à l'ère glaciaire.

6

Maintenant, Milie est là. Elle a toute la place et c'est bon. Ses deux enfants ont eux aussi trouvé leur espace, par intermittence, dans la vie de Mathieu. Le voilà affectueux, attentif, attentionné, attendri. Sa vie est redevenue réelle, pleine. Il arrive qu'Isabelle revienne parfois, un fantôme, une arrière-pensée, une réminiscence. Isabelle, une réminiscence. Bon après-tout c'est le voyage qui est important. Les gens s'ingénient à mourir heureux alors qu'ils auraient tellement mieux fait d'être heureux de vivre. La vie consiste-t-elle à la passer avec une personne seulement comme des générations entières de gens malheureux ont cherché à le faire croire ? Et si c'était vraiment le doigt du sage qui était important, pas cette foutue lune ?

Milie invente un truc à la minute pour rendre la vie plus rigolote. Elle repeint la cuisine en rouge avec de gros pois verts. Elle glisse un secret dans une boîte inviolable à n'ouvrir que dans deux ans. Elle organise une boum avec dégustation de sushis au chocolat. Mathieu la devine s'assombrir parfois. Il sait. Il ne dit rien. Il n'y a rien à dire.

Gormeau éructe au téléphone. Il laisse un message sulfurique sur le répondeur de Mathieu. Il veut le papier avant 17 h. Il est 15 h 30. Mathieu s'est endormi, explosé par le fait-divers de la nuit, la douleur, et surtout l'anesthésie du dentiste. Milie est là. Accroupie au pied du lit. Elle est en train de le dessiner.

« Les gens qui dorment sont beaux. Toi tu es magnifique. Il y a cette paix en toi. Voilà dix-huit mois, sept jours et trois heures trente-deux que nous sommes ensemble. Là, je vais te dire que je t'aime pour la première fois. Attention, moment historique... Je t'aime. Et surtout ne dis rien. J'attendrai ».

Mathieu ouvre les yeux avec difficulté. Il porte aussitôt la main à la joue. Il a le réveil gingival pénible. Est-il lui aussi dorénavant capable de parler d'amour ?

Nouvel appel. C'est Toussaint, le flic de la PJ. « Mathieu. Berche vient de me dire que tu as des infos sur l'incendie. Il m'a demandé de te questionner discrètement, sans que ça vienne de lui.

- C'est réussi. Explique-moi comment peut-il le savoir ?

- Je n'en sais rien. Il m'a juste dit ça. Tu passes au commissariat tout à l'heure ?

-Ben oui, comme tous les jours. On inverse les rôles ? Cette fois c'est moi qui donne les infos.

- C'est bon, arrête. Berche me met la pression. On n'a pas grand chose. A tout de suite.

Le dentiste parlait de Berche au téléphone juste avant de mutiler Mathieu. Des francs maçons sans doute. Il parlait de compagnons, de maîtres. Le commissaire Berche serait-il en loge chez les « Frères trois points » ? Le dentiste aurait aussitôt appelé Berche pour lui parler de l'incendie. Il y a parfois des connections insoupçonnables qui reposent sur le destin funeste d'une prémolaire.

Mathieu n'avait pas spécialement d'idée sur les francs-maçons. Les rumeurs de magouilles, les affaires, les histoires de conspiration. Il avait aussi lu des choses positives sur l'idéal que distillent ces gens dans leur secret. On l'avait même approché une fois. Un vieux type rencontré dans un reportage qui avait pris l'air le plus sage possible pour l'inciter à se renseigner. Un ancien journaliste passé du côté des antichambres lambrissées. Jacques Hébuterne avait été l'éminence grise, le pygmalion déguisé en buisson dans les allées du pouvoir. Conseiller occulte puis occulté d'une grande figure politique. Quand il croise le « P'tit Launay », il lui répète toujours qu'ils doivent déjeuner. « Tu es sans doute un peu jeune, mais tu ferais un bon maçon », lui avait-il glissé un jour. Mathieu n'y est pas. Il se voit assez mal empêtré dans des rituels et entouré de vieux messieurs psalmodiant des trucs plus ou moins magiques. Pourtant, il est séduit par l'élégance intellectuelle du vieux sage. Il l'aperçoit souvent au Bar de la Paix ou ailleurs. Son côté ripailleur, grande gueule et bon vivant aussi. Le sybarite lui glisse parfois une idée de sujet, le thème d'un billet ou une info exotique sur les uns ou les autres. Il porte un regard d'entomologiste sur le personnel politique, malgré une fidélité indéfectible vouée à celui qu'il avait suivi pendant trente ans. Il a aussi des coups de sang, des colères d'anthologie contre les caprices des puissants. Le sort réservé aux sans-papiers est un crève-cœur pour lui et chaque atteinte aux migrants encore plus. Hébuterne tient l'alcool mieux que personne. Né sous une barrique, dit-il. Sa voix couvre toute l'ambiance d'un bar ou d'un restaurant. Alors il explique qu'il est issu d'une grande famille, que sa grand-tante, Jeanne, était le modèle préféré de Modigliani, son égérie, dont il était éperdument amoureux. Et quand il est très en forme, il prend l'air le plus noble possible, claque des talons, lève son verre et lance : « Braves devant l'ennemi et lâches devant la guerre »

7

- Le jerricane, tu l'as ?

- Oui, on en a même trouvé deux. Et pas une paluche, rien !

- La silhouette sur le mur ?

- Là, non.

- Sur la partie bureau, sur une cloison, un corps a été projeté sans doute par l'explosion du bidon d'essence. On devine une silhouette humaine.

Mathieu sort son appareil photo pour la démonstration. Toussaint toussote. « Je n'ai rien vu… Si même l'identité judiciaire n'est pas capable ! On doit retourner sur place. Mais tu as trouvé ça comment ? Ne me fais pas le coup du Rouletabille qui mène l'enquête, tu vas m'énerver ».

Mathieu savoure. Toussaint lui demande de ne rien écrire pour l'instant sur l'histoire de la silhouette. Berche apparaît dans l'encadrement de la porte. « Vous passez une minute dans mon bureau Monsieur Launay ? »

« J'aurais dû rendre mon papier il y a dix minutes », dit Mathieu en s'asseyant en face du bureau. « Vous me ferez un mot d'excuse avec le tampon officiel ? »

- Voilà Monsieur Launay, je voudrais juste vous dire que la gérante de la société G3E est une amie. Une amie très proche. Je voudrais que vous vous en rappeliez. Soyez prudent avec vos articles. Elle m'a expliqué qu'elle était dans un secteur concurrentiel tendu et qu'il était question de reprendre en partie la production dès demain dans une autre unité. Je vous laisse imaginer l'impact d'un article sur l'activité... Le PDG descend de Paris demain matin, il sera sur place. En attendant, Brigitte m'a gentiment demandé la plus grande discrétion.

- Brigitte ?

- Oui enfin, Brigitte Duris, la gérante.

- Décidément, elle a beaucoup d'amis, cette Brigitte Duris. Commissaire, comment voulez-vous qu'on passe sous silence l'incendie d'une usine à Varengeville avec l'impact social que ça peut avoir. Il y a cinquante familles angoissées ce soir. Et surtout si c'est criminel !

- Intentionnel.

- On peut aussi dire criminel, non ?

Berche est visiblement très ennuyé. Avec force coups de mentons, il se lève, joint ses deux mains derrière son dos et commence à tourner dans le bureau, signe de grande nervosité. « Launay, je voudrais juste que vous soyez le plus discret possible. C'est aussi dans l'intérêt de l'enquête ».

Etrange. Berche était beaucoup plus elliptique en temps normal, et surtout en cas d'info sensible. Cette fois, il n'avait utilisé aucune métaphore idiote, aucune citation d'auteur américain, pas un seul proverbe. Il s'arrête de tourner, s'assied dans son fauteuil et fixe Mathieu.

- Vous êtes sûr que ça va Launay ? Je vous trouve bien pâle.

- Me suis fait arracher une dent tout à l'heure.

- Ah oui c'est vrai.

- C'est Toussaint qui vous en a parlé ?

- Euh, oui, sans doute.

- Je vais essayer de joindre cette madame Duris, même si j'ai eu un contact plutôt rugueux, ce matin. L'émotion sans doute. Si c'est votre amie, il faudrait lui faire comprendre que la meilleure façon de s'en sortir avec la presse, c'est de faire avec. Mais ça, vous auriez pu lui expliquer commissaire.

- Launay, ne faites pas trop le malin. Vous savez, c'est une femme courageuse qui tient cette entreprise à bout de bras et dans un contexte personnel particulièrement complexe.

- Sans doute, mais une usine a brûlé cette nuit et il faudra bien qu'on en parle d'une façon ou d'une autre. Il y avait la télé sur place ce matin et c'est public. Et là, je dois vraiment filer.

Mathieu se lève, tente de sourire du côté gauche de la lèvre supérieure et prend congé. Trois appels manqués sur son téléphone. Gormeau deux fois et Milie.

- Ma douce et tendre ?

- Non, c'est Gormeau.

- … Désolé, je voulais parler à ma…

- Tu te fous de moi là ? Non mais si, là tu te fous de moi ?

- Bref. Tu m'as appelé ?

- Oui, là, tu te fous de moi !

- Bon, admettons. Tu t'inquiètes pour l'article ? J'ai encore largement le temps de le faire. Tu as prévu un papier, deux photos, un encadré, une photo de une. Tu auras tout dans deux heures, largement avant le bouclage. Le temps de rentrer. Tchao.

- Oui mais...

Bip-bip-bip.

- Ma Douce et Tendre ?

- 'Chour t'es où ?

- Commissariat.

- Je viens de préparer une compote de marmelade. C'est un concept nouveau, je t'expliquerai. Je t'aime.

- Tu as les enfants ?

- Non, ils sont chez leurs grands-parents. Ils me manquent. Je t'aime.

- Je rentrerai précédé d'anchois, de fruits de mer, de sauce tomate le tout sur une pâte cuite au feu de bois.

- Je t'aime.

- Je t'embrasse.

8

- Monsieur Launay ? Je vous appelle de la part d'Akhan. Il a été agressé la nuit dernière. Je suis sa sœur. Il va bien, ils auraient pu le massacrer. Ce sont des gens de chez nous, des Turcs qui l'ont frappé. Il croit que c'est les Loups Gris.

- Un rapport avec l'incendie ?

- Oui, on lui a dit qu'il fallait qu'il se taise.

- Si vous m'appelez, c'est qu'il a choisi de ne pas le faire.

- Je lui ai pourtant dit. Il voulait vraiment que je vous tienne au courant. Il m'a fait promettre. Ma famille ne veut pas d'ennuis avec ces gens-là.

- Je peux le voir ?

- Pas pour l'instant. Je crois que ce n'est pas souhaitable. Ils sont terribles vous savez. Nous ne voulons pas que ça recommence. Ils ont aussi menacé de s'en prendre à notre petite sœur.

- Quel rapport entre l'entreprise G3E et les Loups Gris ?

- Je ne peux pas vous en dire plus.

- Comment va Akhan ?

- Il est choqué. Ils l'ont frappé à la tête et au torse. Il a une arcade ouverte et deux côtes cassées. Je ne vous parle pas des contusions partout. Mais il est solide. Il m'a aussi demandé de vous remettre une lettre. Il m'a dit de l'apporter au journal, mais je pense que c'est risqué.

- Quoi risqué ? Vous craignez d'être suivie ?

- Je ne sais pas trop. Vous savez, on en a peur des Loups Gris. C'est une gangrène pour la communauté. Et on sait bien qu'ils sont très proches du pouvoir chez nous.

- Il faudrait m'expliquer tout ça. Je ne vois pas bien le lien entre l'incendie d'une entreprise et la mafia politique turque.

- Il n'y a presque que des Turcs dans l'entreprise. Parmi eux... Ecoutez, venez à l'hôpital, je suis infirmière au bloc de chirurgie. Je vous retrouve à la cafétéria.

- Akhan est aussi à l'hôpital ?

- Il est sorti ce matin.

- Vers quelle heure à la cafétéria ?

- 10 h ?

- Euh, il est 9 h 30. Bon je me dépêche.

Mathieu tente le café. Il a la bouche en feu. Même douché et rasé, il ressemble à une taupe malade. Le grand miroir, derrière le comptoir de la cafétéria, lui renvoie son image déplorable et une théorie de patients en peignoir assis tour autour. Certains promènent des perfusions à roulette et un bien piètre filet de santé. Ils semblent crier tous ensemble à quel point le temps est long dans ce grand bâtiment boulimique. A quoi ressemble la sœur d'Akhan ? Une jeune Turque en blouse blanche probablement. Comme celle qui s'approche en ce moment avec une lettre à la main. Elle s'arrête au comptoir, demande un café. Elle l'attend nerveusement, paye rapidement et disparaît aussitôt dans l'un des gigantesques couloirs. Mathieu pense d'abord que ce n'était pas elle. Puis il aperçoit l'enveloppe qu'elle tenait à la main juste à côté de lui sur le comptoir. Il faut vraiment qu'elle soit terrorisée.

Le journaliste s'empare de l'enveloppe.

Il y a quelques lettres dedans. Des mots griffonnés. « Tu as tort de te refuser Akhan ». Signé « La Grosse ». « C'est moi qui te donne à manger, tu viendras picorer dans ma main ». Une lettre plus longue : « Dans les toilettes, je t'ai prouvé ma fièvre. Je ne t'en veux pas de m'avoir repoussée. Laisse-toi aller, laisse-moi faire. Tu ne le regretteras pas. Je peux faire beaucoup pour toi. Tu n'es pas comme les autres. Tu mérites mieux que les toilettes. Je rêve de ton corps sur le mien ». Toutes les lettres sont signées par ce surnom vulgaire. Volcanique, la mère Duris ! Un autre mot : « Ismet. Nous pourrons bientôt toi et moi nous retirer de cette vie de con. Si la maison est presque finie, nous pourrions déjà partir en vacances là-bas, au moins une semaine. Ensuite nous verrons bien, mais ça ira très vite je crois. Je ne supporte plus ces cloportes. Et surtout pas Basinger. Il passe son temps à m'envoyer des recommandés. Il ne comprend pas que je suis malade. Toi au moins tu me comprends. Ta louve ». Akhan a ajouté : « J'ai pris cette lettre par erreur dans le casier juste au dessus du mien. C'était la semaine dernière ». Signé Akhan.

Mathieu compose le numéro d'Akhan. Même s'il a toutes les preuves en main pour une belle affaire de harcèlement sexuel, il veut en savoir d'avantage. Le téléphone ne répond pas. Le numéro de sa sœur pas davantage.

9

« Impossible de voir cette Brigitte Duris ! », s'impatiente Toussaint. Je suis allé moi-même ce matin sonner chez elle. Personne. Elle ne répond pas au téléphone. On commence à entendre les salariés. Personne ne sait rien. Dans une heure les experts incendie seront sur place. Le PDG devrait arriver de Paris. Basinger, je crois. Rodolphe Basinger. On va l'entendre lui aussi ».

- Un drôle de climat dans cette boîte, glisse Mathieu.
- Comment ça ?
- M'a l'air un peu tordue la Louve. Je te rappelle.

10

Baldelli s'emballe. « Les Loups Gris ? Tu sais que c'est eux qui ont voulu tuer le pape ! Ils ont aussi flingué un journaliste turc qui incarnait toute la gauche là-bas. Ils sont redoutables ! Mathieu. Ne va pas te frotter à ces gens-là ».

- Je ne me frotte à rien du tout ! Mais c'est quand même étrange cette… Tu m'écoutes ?

Baldelli est en train de fixer les fesses de la serveuse du Café de la Paix. Le regard oblique, il a visiblement décroché de la conversation.

- C'est une nouvelle. Comment tu t'y prendrais pour choper son portable ?
- M'en fous ! Je te parlais d'un truc sérieux.
- Oui, excuse. Mais avoue quand même que voilà. Tu penses que les Loups Gris tiennent l'entreprise ?
- Je n'en sais rien. Mais une gérante obèse harcèle un salarié qui se refuse à elle. Il se fait arranger le portrait par la meute. Le tout dans la communauté turque. Et par ailleurs la gérante semble entretenir des liens – on va dire privilégiés – avec l'un d'eux. Un contremaître, si j'ai bien compris. Et elle évoque même leur départ dans un courrier.
- C'est ton Akhan qui aurait mis le feu pour se venger ? Et qui aurait inventé cette histoire d'agression pour expliquer ses blessures ?
- Non, il n'était pas blessé le matin de l'incendie, je l'ai vu.

- Il a pu cacher ses brûlures ?
- Je ne pense pas.

La serveuse approche de leur table avec deux cafés sur son plateau. L'une des tasses glisse et tombe sur les genoux de Baldelli qui étouffe un cri de surprise et de douleur. Tout en même temps, il ne peut s'empêcher de sourire à la jeune femme. Celle-ci se retourne vers le coin du comptoir. Heureusement le patron n'a rien vu. Elle récupère la tasse, essuie comme elle peut les cuisses de sa victime tout en se répandant en excuses. Baldelli en fait des tonnes, il se trémousse presque à chaque coup de chiffon de la serveuse. « Ecoutez. Je viens de prendre mon poste. Je suis désolée pour votre pantalon. Si vous voulez, appelez-moi, je m'occuperai du pressing ». Elle écrit très vite son numéro de téléphone sur la note avant de repartir chercher un autre café.

Baldelli tient la note comme s'il venait de gagner l'Euromillion. Il regarde Mathieu. « Oh ! C'est moi là ! »

11

Sur le site de l'usine, les décombres fument encore. Le temps est crasseux. Un type en costume semble picorer dans le tas de cendres. L'expert incendie mandaté par la justice. Il ressemble à un corbeau sur une charogne. Patrick renifle toutes les deux à trois minutes. Il parle d'une voix enrouée. Et comme tous les gens enroués, il parle beaucoup plus que d'habitude. Comme si c'était un plaisir renouvelé de se découvrir de nouvelles intonations, un nouveau timbre de voix. Certains y prennent un plaisir sournois. En ce moment précis il est en train d'expliquer à Mathieu comment il a réussi à brancher sa perceuse-visseuse hier soir. Mathieu est de mauvaise humeur ce matin, pas suffisamment pour lui répondre qu'il n'en a strictement rien à faire.

Toussaint apparaît. Il quitte à l'instant le PDG de G3E qui est entouré de deux ou trois personnes.

Rodolphe Basinger est un jeune type, la quarantaine smart, ambiance jet-set de province. Mathieu s'approche. Le PDG vient à sa rencontre d'un pas décidé. Comme s'il s'agissait d'une réplique de cinéma dans un mauvais téléfilm, il oppose immédiatement : « je n'ai rien à dire à la presse, c'est trop tôt, il faut laisser la police faire son travail, mais je reste à votre disposition ». Il lui tend sa carte. Mathieu sort la sienne. « Euh, bonjour. Nous sommes effectivement de la presse et j'avais beaucoup de questions à vous poser qui ne portent pas sur l'enquête… »

Le jeune PDG est surpris. « Mais de quoi voulez-vous me parler ? »

- Tout simplement des conséquences sociales et évidemment l'aspect économique pour l'entreprise.

- Ah ? Ecoutez, je suis un peu gêné pour vous répondre. Je dirige un groupe de six ou sept entreprises. Celle-ci a été rachetée il y a deux ans. Pour l'instant je n'ai pas trop les informations. J'ai justement le comptable du groupe avec moi.

- Mais que devient le personnel ?

- C'est encore trop tôt pour l'annoncer mais nous allons tenter de le reclasser dans une autre usine, à trente kilomètres d'ici, à… C'est comment le nom de ce bled Monsieur Ribaud ?

Le comptable plonge dans un dossier qu'il tient d'un bras. « Chamagne, monsieur Basinger. Nous avons une structure équivalente là-bas. Elle pourra accueillir la moitié des salariés d'ici. On garde notre principal client ».

- Oui c'est ça, nous gardons notre marché principal avec une grande marque de luxe. Je ne préfère pas la citer, nous sommes des gens discrets.

- C'est vrai que Guerlain verrait d'un très mauvais œil d'être mêlé à ce genre d'affaire.

- Mais comment ?

- Il y a un stock de boucles de ceinture avec la petite enluminure juste à l'extérieur là-bas. Il a été sorti par les pompiers pour accéder aux flammes.

- Bon. D'autres questions ?

- Il semble que l'activité soit plutôt bonne, on ne vous suspectera pas d'employer les grands moyens pour une restructuration.

- Je vais vous faire une confidence, je sais que la boîte tourne et honore ses commandes, donc je ne suis pas inquiet mais je dois dire que nous sommes un peu à l'aveugle sur le bilan. Mais là, je vous en ai trop dit. J'avais préparé ma petite phrase pour vous tenir à distance mais je me suis fait avoir quand même.

- En même temps, c'est un métier.

- Je me permets, vous devriez voir un dentiste, vous avez une joue toute gonflée !

- Vous avez sans doute raison. Je m'attendais à trouver madame Duris ici ce matin ?

Le comptable du groupe tousse ostensiblement. Le PDG a compris le message. Mais il tient à être brillant en toutes circonstances. « Nous aussi… N'est-ce pas Monsieur Ribaud ? »

Le porte-dossier se voûte, paraît subitement gris. Il finit par s'éloigner, suivi du PDG. Toussaint et deux gars restent auprès de l'expert au cas où. Mathieu lui fait signe qu'il va l'appeler. Toussaint répond par un pouce dressé.

12

Varengeville, son centre-ville, sa mairie, son tribunal, son commissariat, sa caserne de sapeurs-pompiers. Varengeville, ses coins sombres et recoins glauques, ses buissons à cadavres, ses virages de la mort en voiture, ses façades abritant tant de drames. Quand Mathieu pense à la ville, c'est une cartographie complète des crimes et délits qui se dessine dans sa tête. Aux noms de rues, de quartiers s'associent maintenant des histoires épouvantables, des scènes de violence, de souffrance. C'est pas beau, une ville, la nuit, quand on s'occupe des faits divers dans un journal local. Quelle drôle de lecture ces journalistes-là finissent par faire de leur ville. Et puis cette ville « café-crime » les mange, les jette au fond de ses bars pour les rendre seuls, alcooliques et désabusés, le terrible petit bruit de leur tête cassée sur un comptoir d'étain. Mais là, Mathieu, non. Il va rentrer « à la maison », retrouver Milie, entendre parler de ses enfants, manger chaud, probablement faire l'amour longuement. Encore une bière à parodier du Prévert, et il rentre.

13

- Mathieu, j'ai rendez-vous demain !
- Baldelli ! Tu as rendez-vous tout à l'heure… Il est deux heures du matin !
- Je te réveille, mince.
- Chez le dentiste ?
- Tu le fais exprès ou quoi ? Avec la serveuse !
- Déjà ?
- Je l'ai invitée à déjeuner.
- Super.
- Tu vois Mathieu comme la roue tourne. Il y a quelque temps encore, le café, elle l'aurait renversé sur toi, tu la rappelais, tu

l'emballais, tu lui faisais le Grand Condor des Andes et la Brouette togolaise…

- Ouais, la roue tourne Jérôme.

- Bon ben, bonne nuit.

- C'est ça.

Deux heures plus tard, Mathieu, en train de se gratter une fesse devant la fenêtre du salon, maudit Baldelli. Il n'a jamais pu se rendormir. Des grosses dames défilaient, des jeunes turcs, des infirmières, des PDG, des flics, des francs-maçons, des Loups Gris. Il devrait aussi appliquer une poche de glace sur sa joue.

- L'amant voudrait paraître divin, disait Nietzsche.

Milie apparaît en chemise de nuit confectionnée dans une couverture polaire rose bonbon. Frissonnante. Elle chuchote.

- Mais là, tu te grattes la fesse gauche. C'est pas divin, mais tellement craquant.

- Tu ne dors pas non plus. C'est à cause du coup de fil ?

- Un grand « non-Mathieu » à côté de moi dans le lit. Un grand vide, un grand froid.

Milie serpente jusqu'à la fenêtre. Elle serre Mathieu dans ses bras. Pas trop fort. Mathieu répond par la même insistance. Il aperçoit les seins pressés de Milie à travers l'échancrure de la chemise de nuit. Elle émet une sorte de grognement tendre, une sorte de signal amoureux. Il se passe alors un phénomène qui restera toujours extraordinaire au moment où il se passe. Nietzsche en a d'ailleurs très peu parlé dans toute son œuvre. Il bande.

14

A la rédaction ce matin, c'est morne plaine. Gormeau distribue les sujets du jour. Mathieu a la joue de plus en plus enflée et fiévreuse. Pierrot a déjà deux gobelets vides de mauvais café devant lui. Les autres ne sont pas plus en forme. Gormeau finit par s'impatienter.

- Il faut juste qu'on fasse un journal demain. A l'heure actuelle, même si j'ai plus de vingt ans de métier, je ne vois pas trop ce que les gens pourront lire dans l'édition du 9 février, c'est-à-dire celle de demain.

Silence de mort. A peine le bruit d'une touillette en plastique dans un gobelet. Yvette, la secrétaire, farfouille subitement dans son agenda. « Bon anniversaire, chef ! »

Gormeau rosit… Remercie.

- Je vais m'intéresser à la comptable de l'usine G3E, lance Mathieu, je propose un grand papier sur cette femme un peu mystérieuse qui a visiblement disparu depuis l'incendie. Si je la retrouve, c'est encore mieux. C'est l'occasion aussi d'un point sur l'enquête. Un employé a l'intention de déposer plainte pour harcèlement sexuel contre elle. Je vais voir. Bon anniversaire, chef. A quelle heure le pot ? ».

Finalement Pierrot a lui aussi un papier qui traîne depuis quelques jours. Le portrait de l'inventeur d'un système de dessalement de l'eau de mer. Le type a déplié quelques plans dans son garage, assurant qu'il y a de quoi donner de l'eau potable à toute la planète. Deux collègues proposent également des idées de reportage. Gormeau note scrupuleusement, rassuré sur le coup de fil qu'il pourra passer au rédac-chef dans quelques minutes.

Patrick retourne dans son bureau de photographe. Au passage il glisse à Mathieu qu'il a sans doute des photos de la comptable. Il avait pris le groupe d'employés au téléobjectif le matin de l'incendie. Effectivement, sur les images, le petit groupe est réuni autour de Brigitte Duris. Toute engoncée dans son imperméable, elle semble donner des consignes. Les plans se multiplient. On la devine à distance tenter de rassurer les salariés. Sur un des clichés, elle prend la secrétaire par l'épaule. Sur une autre image, c'est sans doute Ismet, le contremaître, qui est proche d'elle. On la voit grimacer en se touchant la cuisse.

Akhan répond enfin. Il s'est rendu chez des cousins à l'autre bout de la ville. Officiellement pour récupérer après une chute. Il ne veut pas les inquiéter non plus.

- Mais pourquoi vous avoir agressé comme ça ?

- Ils ont peur que je parle.

- Mais de quoi, des avances de la mère Duris ?

- Entre autres. Il n'y a pas que ça.

- Votre sœur m'a bien remis les lettres. Je n'ai pas compris celle adressée à Ismet. Elle parle d'une maison presque finie.

- Ismet et elle, c'était plus sérieux. Il a construit une maison en Turquie. Ils avaient sans doute pour projet de s'y installer.

- Et de tout quitter ? Ismet est marié non ?

- Je crois, oui. Mais elle l'a totalement sous sa coupe. C'est elle qui l'a nommé contremaître. Il lui doit tout. Elle doit le tenir aussi par le slip.

- Les Loups Gris, il en fait partie ?

- Pas directement, mais il est en contact serré. C'est eux qui m'ont chopé avant-hier. Ils ne sont pas spécialement organisés ici. C'est juste deux ou trois types qui s'imaginent faire partie de la mafia. Je sais que l'un d'eux a un cousin bien placé à Ankara qui rend quelques services au gouvernement en échange d'une paix royale pour ses affaires. De l'import-export. Mais vous ne trouverez personne de la communauté pour en parler. Tout le monde a peur pour les siens.

- Je vous conseille d'aller très vite trouver un avocat avec les courriers.

- Vous avez sans doute raison. C'est ce que je vais faire.

- Elle est bouillante, la Brigitte, si j'en crois ses lettres.

- Dingue. Nympho complète. Son petit jeu de sucette c'était sa seule technique de management. Et elle tenait la boutique à elle seule. Un jour, le comptable du groupe…

- Monsieur Ribaud ?

- Oui. Il est venu par surprise dans la société. J'étais passé aux toilettes et la mère Duris a essayé de m'y coincer. La secrétaire l'a appelée, elle lui a répondu qu'elle n'était pas visible. Qu'elle devait partir séance tenante à l'hôpital et qu'on venait de lui détecter une rechute de son cancer du sein. Que ce n'était sûrement pas le moment de l'emmerder avec les comptes et les bilans.

- Vous avez assisté à tout ça ?

- Oui, donc elle sait que je sais.

- Elle me plaît de plus en plus.

- J'aimerais que vous fassiez un article.

- Vous êtes sûr ? Je croyais que vous étiez terrorisé avec toute votre famille, vous avez eu des menaces ?

- Le meilleur moyen de nous protéger, c'est que tout sorte dans la presse. Ils n'auront qu'une solution, c'est de faire profil bas. C'est la technique des mafiosos quand ils sont poursuivis en Sicile. Ils vont trouver la presse et se rendent à la police. Il y a immédiatement un grand coup de pied dans la fourmilière et c'est leur seule chance de sauver leur peau.

- J'ai du mal à comprendre qu'on veuille la vôtre pour des histoires de cornecul.

- Pas seulement ça. Ils doivent s'imaginer que j'ai de quoi les faire tomber.

- Mais qui ?

- Ceux qui protègent la Grosse et son amant.

- Les Loups Gris ?

- Oui.
- C'est eux qui auraient mis le feu ?
- J'en mettrais ma main à couper.
- Ils le feraient eux-mêmes bien volontiers. Vous couper la main. Je vais voir pour sortir un article, mais il faudrait vous faire témoigner. Et pour l'instant, c'est bien mince. J'imagine que vous n'étiez pas le seul harcelé ?
- Hé non, elle a réussi à faire virer deux jeunes avant moi. D'autres pourraient vous en parler. Je vais essayer de les contacter. Je vous tiendrai au courant.
- Pour l'instant, restez au vert. J'attends d'en avoir un peu plus et je balance.

15

- Elle pue cette histoire Mathieu, s'anime Toussaint. Je n'arrive pas à mettre la main sur cette Brigitte Duris. Son témoignage me paraît de plus en plus essentiel. Le juge veut l'entendre coûte que coûte. Il m'appelle dix fois par jour pour savoir si on a pu la localiser. Il veut l'entendre personnellement. Depuis l'ouverture d'information, il est comme un marron dans une poêle. Impossible de le calmer.

Toussaint devenu patron de la crim' n'a jamais été autant dans son élément. Flic jusqu'au bout des ongles, totalement imprégné de sa mission, sans doute un peu trop. Ses collègues disent parfois de lui qu'il en fait trop, qu'il mourra jeune. D'un mauvais coup ou d'un excès de zèle. Mathieu l'aime beaucoup, même si chacun reste dans son rôle. Ils s'étaient rapprochés en partageant quelques drames, en couvrant les mêmes affaires. L'un pour les résoudre, l'autre pour les raconter. Il leur est arrivé de déjeuner ensemble. De prendre quelques verres de trop, de réinventer leur monde. Mais chacun à sa place. Et finalement, leurs fonctions les empêchaient de devenir vraiment amis. Peu importe. Si l'amitié s'efface devant la détermination sociale, il leur reste une étonnante faculté de se comprendre. Ce qui, en soi, n'est pas très courant. Et ce qui provoquait étrangement quelques poussées de jalousie de Berche. Le commissaire voulait l'exclusivité entière des rapports de son service avec la presse.

- Est-ce que tu as pu entendre le PDG ? Il m'a l'air paumé dans ses chiffres. Et apparemment lui non plus n'a pas réussi à mettre la main sur sa comptable.

- Je le vois dans deux heures. J'adore convoquer les PDG dans nos locaux pourris. Il ne faut pas bouder ses petits plaisirs.

- Je suis en contact avec un des employés qui m'a parlé d'elle. Il a été rossé par les copains de son amant, le contremaître. Il me parle des Loups Gris. Il m'a fait comprendre qu'il s'était refusé à elle et il la soupçonne d'être mêlée à l'incendie. Il m'a demandé d'utiliser son témoignage dans mon papier. Mais je suis encore trop court. Il faut que je bétonne.

- Tu me fous dans une merde noire Mathieu. Donne-moi du temps. Laisse décanter. Tu n'imagines pas la pression que me mettent Berche et le juge.

- Déjà vendu mon papier ce matin. Je peux toujours l'arrêter si c'est dans l'intérêt absolu de l'enquête. Mais si c'est juste pour ton petit confort…

- Dégage maudit plumitif !

16

Akhan rappelle très vite. Il a réussi à contacter trois autres victimes de Brigitte Duris. Un seul est prêt à s'exprimer. Une petite frappe. Mathieu le contacte aussitôt. Quatre mots de vocabulaire et un QI négatif. Il explique quand même que la comptable lui a mis une pression dingue. « Elle est malade cette gonzesse ! C'est un truc de ouf. Elle a voulu du sexe, moi j'ai refusé. Elle m'a dit de la merde. Après, elle m'a pourri. J'ai bien vu. Elle m'a cassé. Je me suis fait virer en même pas un mois. C'est un mauvais plan cette boîte. S'il faut leur faire de la pub, y a pas de problème, Akhan m'a tout dit ».

Mathieu vérifie quand même, il demande des dates, quelques précisions. Ça colle à merveille.

L'article est difficile à écrire. C'est une série de questions. Qui a mis le feu, qui avait intérêt à le faire, pourquoi détruire cette usine ? Où est la comptable ? Où est son contremaître ? Pourquoi le PDG ne porte-t-il pas plainte ? L'expertise judiciaire donnera-t-elle des éléments pour faire avancer l'enquête ? Pourquoi tant de jeunes gens licenciés à peine embauchés ? Pourquoi cette valse des intérimaires ? Quelles étaient les pratiques de management dans cette entreprise ? Pourquoi tant de témoignages sur la boulimie sexuelle de la comptable ? Cette fois deux photos illustrent l'article, celle de la comptable au téléobjectif et celle de la silhouette « blastée » contre le mur. La fusée de reconnaissance est lancée. Plus qu'à voir ce qu'elle éclaire.

17

- Baldelli, ça va ?
- Je préfère que tu m'appelles Jérôme.
- Bon. Ça va ?

- Tu viens de rentrer au café, là ?

- Au Café de la Paix. M'étonne que tu n'y sois pas ?

- Bon, est-ce que tu peux me rendre un service ? Je suis juste en face de l'entrée. Je te vois.

- Ah mais oui, la serveuse ! Alors, tu l'as…

Mathieu s'interrompt net. Elle est juste devant lui, un grand sourire interrogatif. Mathieu commande un café et reprend le téléphone.

- Je l'ai invitée à déjeuner hier. Ça s'est très bien passé. Mais à la fin du repas, elle m'a demandé le pantalon pour le faire nettoyer. Je lui ai dit que ce n'était pas important, qu'elle n'était plus redevable de rien puisque qu'elle m'avait faire l'honneur de répondre à mon invitation.

- Et alors ?

- Elle s'est bloquée net. Elle m'a dit qu'elle en faisait une affaire d'honneur. Que je devais lui amener le pantalon. Elle s'est presque fâchée.

- Bon. Tu n'as plus qu'à lui amener et on n'en parle plus.

- Je l'ai déjà nettoyé. Je le porte en ce moment. Je vais lui dire quoi ?

- Tu es sûr que c'est important de te mettre la pression avec cette histoire de pantalon ?

- Elle a tellement insisté.

- Tu vas rentrer dans le bar, lui expliquer fermement que tu ne veux plus entendre parler de cette histoire et qu'elle ne s'en fasse pas. Ok ?

La jeune femme arrive avec son plateau. Elle dépose le café, la note, marque un temps d'arrêt. Mathieu cache son téléphone. « Votre copain d'hier, il est dehors en train de téléphoner. Il est craquant. Vous savez qu'il m'a invitée à déjeuner ?

- Ah bon ? répond Mathieu très mauvais comédien.

- Je vous assure. Il est charmant. Le genre qui plairait à ma mère. Tous ceux que j'ai ramenés jusque-là ne lui plaisent pas. Elle me dit tout le temps qu'il me faut un fonctionnaire.

- Ah ?

- Je vous embête avec mes histoires. Mais j'espère qu'il va finir par entrer. J'ai très envie de le revoir. Je le fais mariner un peu avec l'histoire du pantalon, mais c'est juste pour faire durer.

La serveuse s'éloigne. Mathieu reprend Baldelli au téléphone. « Tu as entendu j'espère ? »

- Non rien, il y a une balayeuse qui n'arrête pas de passer dehors.

- Magne-toi ! Viens !

- Mais non, c'est cramé, comment veux-tu ?

- Je te dis de venir, elle me dit qu'elle te trouve craquant et qu'elle te fait mariner avec le pantalon.

La porte du café s'ouvre. En moins d'une seconde, Baldelli est assis en face de Mathieu. L'air de rien.

- Tu as l'air encore plus explosé qu'hier.

- Le dentiste a dû me nosocomiser la gencive. J'ai l'impression d'avoir toute la bouche en apesanteur.

- Elle t'a dit quoi ?

- Suffisamment pour que tu fonces.

- Tu es sûr de toi ?

- Les yeux bandés !

Baldelli se lève et va trouver la serveuse au comptoir. Le téléphone de Mathieu s'impatiente à nouveau. C'est le PDG de G3E. « Je veux vous voir. Je viens de lire votre article. Je ne peux pas me permettre de laisser le doute planer. Vous pouvez venir à mon hôtel dans une demi-heure ? »

Mathieu raccroche. Nouvelle sonnerie. C'est Berche. « Vous faites fausse route, Launay. Je vous avais prévenu. Brigitte Duris est une personne courageuse et humaine.

- Elle est surtout très protégée.

- Que voulez-vous dire ?

- Je crois avoir compris qu'elle avait beaucoup d'amis. Je n'ai rien contre vos amis. Je sais qu'on leur doit beaucoup. Mais ils feraient bien de mieux se renseigner. Et si vous aviez pu l'entendre, si elle n'était pas introuvable, et si elle se comportait avec humanisme avec ses employés, je pense que je n'aurais pas écrit tout ça.

- Vous allez bientôt publier un démenti, les faits parleront d'eux-mêmes.

- Mais je ne comprends pas. Comment se fait-il que vous défendiez cette femme alors que vos flics n'ont encore pas pu l'entendre ?

- On l'entendra bientôt. Elle a fait dire qu'elle devait se reposer.

- Par qui ? Le PDG ? Il n'a aucune nouvelle. Le contremaître est introuvable lui aussi.

- Bon, écoutez maintenant ça suffit. Laissez-nous bosser, cette histoire sortira comme toutes les autres. On vous fera signe quand on aura du nouveau. Pour l'instant, vous n'êtes plus le bienvenu à la PJ. On s'est compris ?

- J'aurais pu vous montrer les lettres de Duris et vous montrer les témoignages de deux salariés. Je crois que vous auriez un autre avis.

- Vous me décevez beaucoup Launay. Et vous me compliquez bien la tâche. Au revoir.

Mathieu appelle aussitôt Toussaint. Il ne répond pas. Il tente Morel. Pas plus de réponse. Bon. Sa joue a encore gonflé et une sorte de fièvre lancinante lui barre le visage. Il paye son café. Baldelli est encore en train de faire le paon au bout du comptoir. Il lui fait signe qu'il s'en va et fonce voir le PDG. L'hôtel est tout proche du cabinet du dentiste, il y retournera juste après.

Obligé.

Rodolphe Basinger attend dans le salon d'accueil de l'hôtel. Très nerveux. Son sourire préfabriqué a disparu. Mathieu s'installe. L'établissement est un des plus luxueux de la ville. Mathieu n'y était allé qu'une seule fois en accompagnant une turbulente troupe de théâtre à la fin d'un spectacle. Ils l'avaient prolongé, le spectacle, dans le hall de l'hôtel avant de se faire sortir.

Un serveur obséquieux s'approche. Mathieu commande un nouveau café même s'il en a déjà trop avalé. « Là, je vais vous donner de quoi sortir une bombe dans votre journal », commence le PDG. Il se lève pour tirer sur les plis de son pantalon. Un type qui tire sur les plis de son pantalon ne peut pas être foncièrement sympathique. « Qu'on soit bien d'accord, vous écrivez tout ce que je vous dis à la lettre ! »

- Pas tout à fait sûr que ça se passe comme ça, mais je vous écoute…

- C'est la condition. Vous écrivez intégralement ce que je vais vous dire. J'ai vu avec mon avocat hier soir. C'est très précis. Et je veux relire le papier avant publication.

- Non.

- Ah…

- J'écoute ce que vous avez à me dire. Eventuellement je vous pose des questions. J'ai aussi quelques informations à vous livrer. Et puis vous me ferez confiance pour l'article.

- … J'appelle mon avocat et je vous le passe.

- Je ne suis pas une simple boîte aux lettres.

- Dans ce cas…

- Vous auriez dû m'annoncer la couleur avant, je perds du temps, là. Je devrais déjà être chez le dentiste. Je reste à votre disposition.

Mathieu se lève et tend la main vers le PDG qui fait semblant de ne pas la voir. « Vous êtes un petit con Monsieur Launay. Des types comme vous, je les écrabouille ».

- Vous auriez parfaitement pu faire l'économie de ce genre de formule.

Mathieu sourit et tourne les talons.

18

A nouveau sur le siège du dentiste, entre deux rendez-vous. Il ne s'attendait pas à le revoir de sitôt. Pas étonnant que sa joue ressemble au phare d'Ouessant, un morceau de racine de prémolaire est resté coincé au fond. L'inflammation est importante. Le dentiste s'étonne. « Ça ne m'est jamais arrivé en vingt ans de carrière. Vous êtes un cas Monsieur Launay ». Mathieu pense très fort à lui retourner le compliment. Le téléphone sonne. Cindy répond puis appelle le dentiste. Il s'agace. « Vous voyez bien que je suis en soins ! » Cindy insiste. Elle cite un nom. Le dentiste lâche tout. « Vous me le passez dans mon bureau ! »

La jeune assistante trottine jusque vers Mathieu pendant que le dentiste s'enferme dans le bureau. Elle est un fantasme masculin à elle seule. Elle en joue plus ou moins. Elle est en train de préparer la radio. Le dentiste veut savoir exactement jusqu'où ce bout de racine ultra-libertaire est capable de se nicher dans l'anatomie rétive de Mathieu. Et il est bien décidé à le rendre à la raison.

La jeune femme virevolte mais avec expérience et sûreté. Elle approche un drôle de machin articulé du visage de Mathieu. Elle retourne vers l'ordinateur. La radio est prête. Elle dispose ensuite une série d'outils de ferronnerie lourde sur un plateau. Mathieu est prêt à tout pour vieillir d'une heure. L'assistante s'assied à la place du dentiste et commence à regarder Mathieu qui fixe la lampe scialytique comme si c'était un flash dans le fameux couloir de la mort.

« L'Hôtel du Parc », glisse-t-elle dans un souffle sucré. Mathieu sursaute. Il imagine tout. Elle se rappelle subitement le nom d'un hôtel qu'elle cherchait depuis six mois ? Non. Elle lui recommande cet établissement qui a une excellente réputation ? Elle ne l'aurait pas prononcé à voix basse et l'air de rien. Elle lui donne un rendez-vous crapoteux pour dévorer son corps d'albâtre emportée par la fièvre du désir ? Non plus. Il finit par réagir.

« Pardon ? »

- Ce vieux con me les brise. Je n'en peux plus de ce type. Je suis en train de faire n'importe quoi à me taper ce mec parce que sa femme ne le veut plus. Il est autoritaire. Il se croit tout permis avec moi juste pour un chèque à la fin du mois. Je suis vraiment trop conne d'avoir imaginé un avenir avec ce type. Elle est à l'hôtel du Parc, votre Brigitte Duris. Et en plus, il est malsain.

- Mais comment vous savez que… ?

- J'ai lu votre article ce matin. Cette vieille chouette n'arrête pas de l'appeler. Je crois qu'il a des responsabilités chez les francs-maçons. Elle est venue se faire soigner ici il y a deux ou trois mois, elle m'a traitée comme une domestique. Ils se parlaient en codé, ils rigolaient sur des trucs que je ne comprenais pas. Ras-le-bol de tout ça. Je crois bien que je vais tout envoyer promener.

- Mais vous êtes sûre pour l'Hôtel du Parc ?

- Formelle. J'ai entendu Jean-Marie en parler au téléphone. Il a répété deux fois qu'elle pouvait rester là-bas, que le patron était un des leurs et qu'il valait mieux qu'elle reste à couvert.

- Bon. J'ai le droit de vous donner mon sentiment pour ce que vous venez de me dire ?

- Non, je m'en fous.

- Vous avez sans doute raison.

Le dentiste ouvre la porte nerveusement. Il regagne son poste avec un rictus de stress. « Cindy. Vous le faites exprès. Le matériel de fouille, il est où ? » L'assistante a retrouvé son masque. Elle apporte un plateau stérile et fixe Mathieu trois secondes avant de venir s'asseoir de l'autre côté.

19

« Milie, je crois que j'ai retrouvé la Duris !

- Non !

- Je crois aussi que j'ai perdu ma mâchoire inférieure.

- Arrête.

- Je suis sûr que je t'aime.

20

- Le P'tit Launay ! Quel bon vent ? Tu t'es enfin décidé ?

- Pas exactement monsieur Hébuterne. Mais là, je dois dire que je sèche. Je ne comprends plus rien dans mon histoire d'incendie. J'ai cru comprendre que vos amis faisaient bonne garde autour de la comptable de l'usine.

- Tu veux me parler de Brigitte Duris ?

- Précisément.

- Tu sais que je n'ai absolument rien le droit de te dire. Surtout pas à un profane.

- Je sais. C'est déjà une réponse.

- J'aime ça, Launay. Mais je ne te dirai rien.

- Quand même, si jamais elle en est, je crains que ça vous fasse beaucoup de tort dans les jours qui viennent.

- Comment te dire ? Il y a, tu le sais bien, du bon et du moins bon dans toute communauté. A titre personnel, je ne m'engagerai pas pour la défendre. Je la connais de vue, ce n'est pas ma tasse de thé si tu vois ce que je veux dire.

- Je vous comprends. J'ai besoin d'infos. Berche, le commissaire, me ferme les portes du commissariat. Le dentiste Storckel a l'air sur les dents. Le patron de l'Hôtel du Parc va probablement avoir des ennuis.

- Tu es tombé sur la liste des Frères la Gratouille ?

- Non, je crois que Berche et ses amis sont en train de se faire embarquer dans une histoire qui pourrait leur coûter très cher. A eux d'assumer. Pour moi, cette nana est très clairement mouillée dans l'incendie. La protéger, c'est couvrir une histoire qui n'a pas les cuisses propres. L'histoire, pas Duris. Encore que.

- Tu m'inquiètes. Tu as quoi comme éléments ?

Mathieu prend deux secondes de réflexion. Pourquoi ne pas tout raconter. Tout sauf l'hôtel.

- Il ne faudrait pas que ça serve à encore mieux la protéger.

- Ne t'inquiète pas. Si elle est vraiment si toxique que ça, les frères vont vite la lâcher. Mais tu fais bien d'attirer mon attention. Il ne faut pas tenir la main fermée quand on est sûr d'y détenir la vérité. Surtout quand on est journaliste.

Mathieu raconte les harcèlements, la disparition subite, le projet de maison en Turquie, et l'étrange comportement du PDG qui a bien du mal à lâcher les infos lui aussi.

- Ce n'est pas assez pour accabler quelqu'un, ou ça me semble bien léger.

- Dit comme ça, peut-être. Mais malgré mon état j'ai quelques gyrophares qui s'allument dans ma tête. J'ai l'impression que toute cette histoire ne sent pas très bon. Je dirais même qu'elle pue du cul, si vous me passez l'expression.

- Je passe. Je t'appelle si ton intuition se vérifie. Nos vérités s'établissent si bien dans le nid de nos erreurs, comme disait Alain. Sinon, je ne t'adresse plus jamais la parole P'tit Launay.

21

Mathieu a rendez-vous avec Toussaint, au Café de la Paix. Il vient d'avoir un appel d'Yvette. Gormeau peste depuis le début de matinée. Il n'a pas de nouvelles du fait-diversier. Mathieu l'appelle aussitôt, lui explique point par point ce qu'il a fait de sa journée qui est maintenant bien entamée. Il lui explique aussi qu'il a de toute façon la bouche en panique, qu'il a un mal de chien et que le dentiste lui a prescrit une quantité d'anti-inflammatoires qui désherberait à elle seule le parc du Château de Versailles. Il garde là encore son info sur l'Hôtel du Parc. Expliquant juste que l'histoire pourrait rebondir dans les heures qui viennent. Gormeau piaffe. Toussaint finit par arriver, très en retard. « J'essaye de te joindre depuis tout à l'heure, tu es tout le temps au téléphone ! »

- Désolé. J'ai du neuf pour toi !

- Moi aussi, je file, trois types viennent d'enlever Akhan Sukkur, un des salariés de G3E. Il faut qu'on aille sur place.

- Akhan ? Il s'est déjà fait agresser avant hier ! Ils remettent ça ? Cette fois, je crains le pire.

- Je file ! Tu me diras tout après !

- J'ai retrouvé la mère Duris.

- Attends. Cinq flics de la crim' la cherchent jour et nuit depuis quatre jours, et toi tu la loges comme ça, l'air de rien ! Elle est où ?

- Hôtel du Parc. Attends… Ne préviens pas Berche.

- J'irais sur initiative sans prévenir le commissaire ? Je vais me faire démembrer.

- Alors je te propose une chose. Tu te positionnes devant l'hôtel avec tes mecs et tu appelles Berche pour lui dire que tu as logé la comptable, mais sans lui dire que tu y es déjà. Je te promets que tu la verras sortir dans les cinq minutes.

- Mais qu'est-ce que tu es en train de me dire ? Que Berche est lié à elle ? Tu es cinglé.

- Je t'expliquerai.

- Bon ok.

- Je viens.

- Tu as le droit de passer devant l'hôtel par hasard dans exactement dix minutes.

Toussaint repart. La voiture banalisée de la PJ est garée devant le bar. La serveuse arrive. « Vous attendez Jérôme ? On doit se voir ce soir. Il est vraiment chouette votre copain ». Mathieu n'a pas le temps d'essayer d'en savoir plus. Il doit appeler Patrick, le photographe, et filer vers l'hôtel.

Il parvient à grand peine jusqu'à la grille ouverte de l'hôtel, pourtant très proche. L'Hôtel du Parc, le bien nommé, dispose d'un vaste jardin d'agrément à la française avec quelques tilleuls voluptueux, une petite grotte artificielle sur le côté, des pelouses et plusieurs massifs de fleurs bien tenus. Mathieu est pris dans une sorte de vertige. L'anesthésie de sa mâchoire le terrasse. Et le froid lui fait un drôle d'effet. Comme une escalope congelée sur la jambe d'un paralytique.

La voiture de la PJ entre dans le parc. Toussaint est au téléphone. C'est Morel qui conduit. Mathieu se dirige vers la grotte, d'où il a une vue parfaite sur l'entrée de l'établissement, le parc et le grand portail.

Toussaint a raccroché. Lui et Morel restent dans la voiture. Trois minutes se passent. Pas un mouvement. Tout à coup, une silhouette pressée s'engage dans le parc. Mathieu reconnaît Storckel, le dentiste. Il a enfilé une parka sur sa blouse blanche. Il se dépêche de traverser le jardin. Mathieu se cache derrière le monticule de la grotte. Patrick n'est toujours pas là. Mathieu sort son petit appareil compact et l'allume. Quelques minutes plus tard, le dentiste ressort accompagné de la comptable. Brigitte Duris peine à marcher. Elle s'accroche au bras de Storckel et grimace à chaque pas. Les trois marches sont visiblement pénibles à franchir. Mathieu prend plusieurs photos mais il est trop loin et la luminosité a dangereusement diminué, même pour un Leica.

Toussaint et Morel sortent de la voiture au moment où le couple la dépasse. Toussaint se dirige vers Brigitte Duris. En quelques mots, il l'invite assez fermement à prendre place dans la voiture. Le dentiste aussi. Il proteste. Morel prend l'arracheur de dents par le bras. Le tout dure quelques secondes à peine. La voiture démarre sans précipitation et sort du parc. Les photos sont sans doute loupées. Mathieu peste contre Patrick. Il s'apprête à repartir lorsqu'il le voit sortir d'un buisson avec un énorme téléobjectif vissé sur son boîtier. « Bingo ! » dit-il. « Je ne sais pas où tu as eu le tuyau, mais l'arrestation de la comptable en direct, c'est du bon ça coco ».

- Va savoir où les flics eux-mêmes ont eu le tuyau ?

- C'est quand même pas toi ? Tu l'as su comment ?

- On ne prend pas assez soin de ses dents, on devrait aller plus souvent chez le dentiste.

- Je ne comprends plus rien.

- Bah, t'occupe. C'est un métier.

- Mathieu, tu es de plus en plus pâle.

- Je dois bien concéder que ça ne va pas très fort. Et je crois que ça se réveille méchant.

Patrick propose de ramener Mathieu chez lui. Il verrait plus tard pour le papier. Le photographe a laissé la voiture dans la rue d'à côté. Ils franchissent à nouveau le parc quand un responsable s'approche d'eux. « Quelqu'un pourra me dire ce qui se passe ici ? J'imagine que c'est la police qui est venue tout à l'heure. Et vous, vous êtes photographe ? Je vous préviens, vous êtes dans une enceinte privée, pas question de photo d'arrestation dans le journal ».

Patrick prend la mouche, un rien nerveux. Le ton monte instantanément. Le type explique qu'il va porter plainte, qu'il appelle aussitôt la police. Patrick lui répond qu'il aurait dû l'appeler depuis quatre jours et qu'il n'a pas besoin de la presse pour avoir des ennuis. Le dialogue dérape encore.

Mathieu ne peut plus suivre, il bat en retraite, il se sent à peu près comme un citron dans un presse-citron. Si un citron est en mesure de sentir quelque chose… Tout à coup, il aperçoit une silhouette sortir à son tour de l'hôtel. C'est Ismet. Il était évidemment lui aussi caché dans l'hôtel. L'amant officiel de Brigitte aurait dû lui aussi être interpellé. Ismet passe devant lui sans lever les yeux. On le devine tourmenté. Il psalmodie quelques phrases en turc. Les deux mains dans les poches. Sans réfléchir, Mathieu lui emboîte le pas, plantant là Patrick et le maître d'hôtel qui en sont presque aux insultes.

Ismet marche vite. Mathieu tente de suivre, deux poids de trente kilos à chaque pied. Il se sent engourdi comme jamais. Le contremaître se dirige vers la vieille ville et enfile les rues. Une image grotesque lui apparaît, un panneau « Mathieu Launay, enquêtes et filatures ». L'anesthésie a des effets surprenants. Tout en marchant, il a l'idée d'appeler Toussaint. Il ne répond pas. Morel, l'adjoint de Toussaint, finit quand même par décrocher.

- Ça va être dur avec la Duris. Elle est enfermée avec Berche dans son bureau, on ne peut pas l'approcher.

- Il y a avait aussi Ismet dans l'hôtel. Il est en train de se barrer. Je le suis comme un con pour voir où il va.

- Surtout ne le lâche pas. Tu sais qu'on le cherche aussi. Même si Berche a commencé par nous dire que Duris et son giton ne sont toujours que des témoins.

- Ce qui est vrai.

- Tu es où là ?

- En vieille ville, rue… Nolat. Il marche comme un cinglé.

- Bon essaye de voir où il s'arrête.

- Justement, il s'arrête !

- Repère l'adresse Mathieu, j'envoie deux gars rue Nolat, reste en ligne.

- Un porche, c'est le numéro 27. C'est l'adresse d'une association culturelle turque. Je ne la connaissais pas celle-là...

- Bon, ne bouge pas, je viens aussi. S'il ressort, tu m'appelles.

- Euh, oui, sachant que mon boulot à moi, ce n'est quand même pas de donner des gens à la police. J'ai l'impression de tout mélanger, là.

- Garde ça pour plus tard.

Mathieu raccroche. Il pénètre dans le porche, suit un couloir qui distribue plusieurs montées d'escaliers pour arriver dans une courette. Un panneau en turc. Il est traduit en petits caractères. « Association des travailleurs idéalistes ». Le local paraît décrépi. Mathieu se sent idiot en auxiliaire de police. Jusqu'où un journaliste peut-il être acteur ? Il entend un léger bruit derrière lui, le temps de se retourner, il reçoit un coup de poing en pleine face. Extinction des feux. A peine s'il perçoit le bruit mou de sa chute sur le sol pavé.

22

Un baiser sur la joue, un second très précisément sur la commissure des lèvres, un troisième sur la bouche. Mathieu ouvre les yeux.

- Il était temps que tu te réveilles, mon cœur. Trois mois de coma, c'est long.

Mathieu sursaute presque, autant qu'il le peut. Milie est penchée sur lui. « Trois mois ? »

- Non je rigole. On t'a amené ici il y a une heure.

- Ici ?

- A l'hôpital. Tu as pris une bonne claque. J'ai eu très peur quand Toussaint m'a appelée. Comment tu te sens ?

- Toujours bien quand tu es là.

- Là, il va falloir te reposer. Tu laisses tomber la Duris et le reste. Tu laisses la police faire son travail. J'ai encore besoin de ton sourire pour quelque temps. Si on te le démolit, je serai beaucoup moins attirée. Tu sais que c'est ton sourire qui m'a séduite. Je suis en train de te faire du chantage.

- Et moi c'est ton immense fortune, tes îles privées des Caraïbes, tes…

- Arrête, je sais très bien que tu n'es attiré que par mes fesses.

- Bon j'avoue.

- Une semaine d'arrêt, au moins. Je vais m'occuper de toi, te faire des petits plats. J'ai imaginé un gâteau d'anchois au coulis d'olives noires. On va faire des mots fléchés. On commence par les « force deux ».

Mathieu essaye de se redresser sur les coudes. Son champ de vision se rétrécit brutalement, une douleur à la mâchoire lui revient aussitôt avec une méchante sensation de vertige.

Un médecin arrive. Il est dans un box des urgences. « C'est vous la commotion ? »

- C'est un peu réducteur, répond Mathieu.

- Rien de grave, rien de cassé. On ne voit rien à la radio. Il va vous falloir du repos. C'est une agression ?

- Il semblerait.

Le médecin s'approche.

- C'est l'arcade qui a tout pris. Elle n'est pas ouverte. Vous avez déjà un magnifique hématome. Je vous garde encore un peu. Vous rentrez chez vous dans deux heures.

- La commotion vous remercie.

Milie explose de rire. Le jeune médecin sourit d'abord puis remet machinalement un stylo dans sa poche de blouse avant de tourner les talons.

Comme au théâtre, lorsque les apparitions s'enchaînent, c'est maintenant Toussaint qui apparaît dans le box des urgences. Il claque une bise à Milie.

- Il a fallu que je sorte la carte tricolore pour arriver jusque là. Comment tu vas Mathieu ?

- Déjà été plus en forme. Vous avez coincé Ismet ?

- Non. Mes deux gars sont arrivés après. Tu penses que c'est lui qui t'a boxé ?

- Aucune idée, je n'ai rien vu.

- Akhan ?

- On a perquisitionné dans les locaux de l'assoc' turque. Rien. Les gars y sont encore.

- Et la comptable ?

- C'est Berche qui tient à l'interroger personnellement. Elle est enfermée dans son bureau depuis qu'on l'a ramenée. On a relâché le dentiste. Je le sens très mal.

- Elle est en garde à vue ?

- Officiellement pas encore. Si j'ai bien compris, Berche veut qu'elle soit entendue comme témoin.

- Elle a l'air mal en point non ?

- J'ai dit à Berche qu'il fallait la faire examiner par un médecin. Il n'a pas l'air motivé.

- Et le procureur, c'est quand même lui qui décide ?

- Je l'ai appelé. C'est Berche qui voulait le faire. J'ai dit que j'avais mal compris.

Le téléphone de Toussaint carillonne.

Il s'écarte un peu pour décrocher. « Elle est inconsciente ? Aux urgences ? Justement j'y suis. D'accord ».

Il raccroche. « Duris s'est effondrée dans le bureau de Berche. Ils ont appelé le SAMU. Ils ont découvert qu'elle était brûlée sur la moitié du corps. Elle est transportée ici. Je crois que je commence à comprendre ».

Milie sourit. « Ben voilà, c'est la comptable cochonne qui a mis le feu à la boîte, dans tous les sens du terme ! Tu ne pouvais pas rêver meilleurs aveux ».

Toussaint rappelle aussitôt le poste pour demander une garde. La comptable change brutalement de statut. Elle passe de témoin à suspect.

Une subite effervescence dans le couloir des urgences. C'est justement la comptable qui arrive entourée de pompiers et de médecins. Elle est visiblement dans un état sérieux. Toussaint suit le brancard.

« Et voilà ! » dit Milie. « La comptable est démasquée, l'enquête est terminée, tout le monde dégage. Circulez, il n'y a plus rien à voir ». Mathieu ferme les yeux. Il aimerait tant que Milie ait raison.

23

- Hébuterne à l'appareil. Tu es toujours à l'hôpital ?

- J'en ai peur. Ils me gardent en observation. Mais je n'en ai plus pour longtemps.

- Ça va ?

- J'ai pris un bourre-pif de la plus belle facture, du grand art.

- Je viens d'avoir Berche. Il va passer te voir dans les minutes qui viennent. Je crois savoir qu'il a des excuses à te faire.

- Berche, des excuses ? C'est une des choses les plus drôles que j'ai entendues.

- Bon, une question d'honneur je crois. A bientôt P'tit Launay.

Milie se renfrogne. Elle commence à sentir quelques pointes de colère monter en elle. « A un moment, ils te lâchent ? A un moment tu coupes le téléphone ? » Mathieu trouve que Milie est encore plus belle quand elle est en colère. Et puis c'est une des premières fois qu'il la voit contrariée pour un motif qui le concerne. Elle est touchante dans ce décor d'urgence avec des infirmières qui s'activent, des médecins qui passent et repassent derrière. Elle est très belle. Il est sur le point de lui dire. Le pesant commissaire Berche s'encadre à l'entrée du box. Il a mis quelques secondes à s'immobiliser. Un sourire. Un discret bonjour à Milie.

- Bon, ben voilà. Brigitte m'a complètement roulé dans la farine. Je me suis fait avoir comme un débutant.

- Mais que s'est-il passé exactement ?

- J'ai voulu l'entendre pour calmer le juge d'instruction. On m'a dit que c'est vous qui l'aviez retrouvée. J'ai toujours été convaincu que vous auriez fait un bon flic.

- Ce n'est pas forcément un compliment, mais je le prends comme ça.

- Elle m'a juré ses grands dieux qu'elle n'y était pour rien, qu'elle était manipulée. J'ai vu qu'elle était à bout de force. Je lui ai demandé de se mettre à l'aise. Elle ne voulait pas enlever son imperméable. J'ai compris pourquoi. Elle est tombée inanimée. Quand les médecins du SAMU sont arrivés, ils ont découvert des brûlures au troisième degré sur soixante pour cent du corps. Ses jambes sont très abîmées. Cette femme est une vraie dure. Comment a-t-elle pu rester cinq jours sans hospitalisation ? Un médecin m'a dit qu'on place généralement les grands brûlés comme elle dans un coma artificiel pour leur éviter la douleur.

- Donc… C'est bien elle qui a mis le feu.

- Disons qu'il y a de très forts soupçons sur elle. Et puis il y a les jerricanes.

- Ils ont parlé ?

- Je n'ai encore jamais vu un jerricane parler... Non. On a découvert un code-barres sur l'un d'eux. On a identifié le magasin qui l'a vendu la semaine dernière. Les gars ont retrouvé le vendeur qui se souvient très bien d'une dame forte avec les cheveux courts, bruns et une paire de lunettes rouges.

- Et là, si j'ai bien compris, elle est à l'hôpital exactement à côté de moi…

- Oui, Toussaint a mis une garde en place. Un agent ne la quitte pas des yeux.

- Vous avez retrouvé Akhan ?

- Rien du tout. Ce qui commence aussi à inquiéter le juge.

- On va faire dans le direct commissaire : j'ai bien compris que vous étiez franc-maçon, Brigitte Duris aussi sans doute. Il y a eu un réflexe de protection du réseau. Ce qui me rassure, c'est que la solidarité a des limites.

- Comme vous n'êtes pas totalement stupide Launay, vous comprendrez aussi que je ne peux pas confirmer ce que vous venez de dire. Juste peut-être la dernière phrase.

- Ce qui veut dire que vous validez les autres aussi.

- Vous êtes fatigant Launay.

Un silence s'installe. Relatif, le silence. Berche est visiblement décontenancé. Mathieu s'étonne d'avoir fait mouche avec autant de facilité. D'ordinaire, au petit jeu du dialogue de sourds, Berche est un prodige.

Les urgences bouillonnent. On entend que l'hélicoptère est prévu dans une heure pour le service des grands brûlés de Lyon. La Duris est donc réellement en mauvais état. Berche décroche son téléphone et s'éloigne.

Milie prend la main de Mathieu. Il parvient à s'asseoir sur son lit. Penche la tête d'un côté et de l'autre. « Le dentiste m'a fait plus mal que le boxeur ! Mais ça va aller ». Le jeune médecin revient. « Je vous vire ! Vous avez l'air en pleine forme et j'ai besoin du box. On a un accidenté qui arrive. Voilà une ordonnance - en cas de nausée vous revenez tout de suite - je vous laisse prendre vos affaires… Et évitez ceux qui tapent plus fort que vous ! »

Mathieu hausse les épaules. Aïe. Il a dû se luxer quelque chose au passage. Grosse douleur au côté gauche aussi. Sans parler d'un genou qu'il ne peut presque pas plier.

- Un coup de fil à Gormeau. Je décroche pour aujourd'hui. Je lui ferai un papier monstrueux demain. On va s'amuser. Mais là, Milie, on va rentrer à la maison. Je crois que j'ai besoin d'un gâteau d'anchois et de mots fléchés force deux. De te voir sourire aussi.

Milie aide Mathieu à ranger ses affaires. Elle le soutient au départ. Finalement c'est moins pire que prévu. Le long couloir des urgences grouille de gens affairés ou grimaçants. Des lits occupés sont entreposés contre le mur. Un SDF aux grands yeux noirs est assis sur un brancard et semble en lévitation. Une dame âgée râle dans ce qui semblerait être son dernier souffle. Un gamin pleurniche, sa mère a le visage défait. Les urgences… Subitement, Mathieu va beaucoup mieux.

Sur le parvis de l'hôpital, Milie s'arrête.

- Si on veut faire des mots fléchés, il faut peut-être en acheter non ? Ici, c'est l'endroit idéal pour en trouver. Attends-moi deux minutes.

Elle revient aussitôt les bras chargés de revues diverses.

- C'est étrange, dit-elle. Il me semble bien avoir croisé ta Brigitte.

- Impossible. Comment ? Elle est dans le coma et va être transportée chez les grands brûlés en hélico…

- Une impression. Je ne sais pas. C'était une grosse femme qui avait l'air défaite, dans un grand imperméable, les cheveux courts et tout…

- Elle partait par où exactement ?

- Je crois qu'elle a pris un ascenseur. J'étais à la caisse. Moi aussi je me disais que ce n'était pas possible.

- Elle est dans le coma et on la transfère à Lyon…

- Laisse tomber, j'ai peut-être mal vu. Il y a beaucoup de grosses femmes aux cheveux courts.

Mathieu reste interdit. Il sort son téléphone avec une grimace. Le portable de Berche sonne longtemps. Il finit par décrocher. « Deux minutes, restez en ligne » répond Berche. Mathieu l'entend vociférer. « Comment ça disparue ? Vous êtes sérieux. Je suis dans le bureau du médecin pour les modalités du transfert. Mais comment ? Bon appelez le central, vous bouclez tout. Pas une seule issue de l'hôpital sans un flic devant ». La voix se rapproche. « Allo, c'est encore vous Launay ? Brigitte vient de s'échapper des urgences ».

- J'allais vous le dire. Milie vient de la croiser.

- Elle allait dans quelle direction ?

- Vers un ascenseur. Probablement vers le sous-sol.
- Bon. C'est un phénomène. Elle était dans le coma il y a encore dix minutes. Je vous rappelle.

Depuis le parvis de l'hôpital, Mathieu voit arriver deux voitures banalisées. Elles se garent en urgence. Toussaint sort de la première avec Morel. Il fait un petit signe à Mathieu et fonce à l'intérieur. Deux vigiles de l'hôpital se postent vers l'entrée. Le journaliste décide de rester sur le parvis. Aux premières loges. Il scrute la foule qui entre et sort de l'établissement, des visiteurs, des enfants, des médecins. Des malades en chaise roulante, en déambulateur.

- Si je devais m'échapper d'un hôpital, j'éviterais l'entrée principale, dit Milie, il doit y avoir une sortie de service pour le personnel.
- Il y a suffisamment de flics maintenant. Mais je connais au moins trois issues. J'ai peur qu'il soit un peu tard.
- Moi, je passerais par la chambre mortuaire, juste derrière la chapelle.
- On va voir ?
- Si tu es en état ?
- On passe par l'extérieur. Je sais qu'on peut rejoindre la morgue par les sous-sols, c'est ce qu'elle a dû faire.

Mathieu trottine. Son genou lui fait un mal de chien. Il faut contourner un bâtiment, longer une petite rue et entrer par un portail discret. Milie prend un peu d'avance. Au moment où elle pénètre dans la petite cour, une ambulance démarre en trombe. Un ambulancier conduit. Une infirmière a pris la place passager. Mathieu reconnaît la sœur d'Akhan. Leurs regards s'effleurent. Le véhicule disparaît en quelques secondes dans la rue. Mathieu s'efforce de fixer le numéro de plaque. Milie revient vers lui. « Il y a marqué Ambulances Gorulu » sur la voiture. « Ils n'étaient pas très loin de m'écraser ».

Nouveau coup de fil à Berche. « Bon, je fais boucler la ville, les péages d'autoroute, les aéroports, la totale. On ne pouvait pas réagir plus vite. Là, je dois dire qu'elle est très forte ».

Mathieu explique toute l'histoire de la sœur d'Akhan, les lettres, le rendez-vous secret, la panique. Il ajoute. « A partir de maintenant, je ne comprends plus rien ».

24

Milie est en culotte. « Pas comestible », dit-elle. Mathieu veut juste qu'elle se blottisse. Ce qu'il aime au-delà de tout, c'est le moment où elle s'assoupit dans ses bras. Où elle relâche tout. Leurs chaleurs se conjuguent, leurs odeurs s'épousent. Il sent alors partir sa tête en arrière, dans un moment d'abandon profond, une béatitude extatique. Son souffle devient mécanique, il lui arrive parfois de laisser échapper un petit cri de musaraigne. Mathieu adore. Alors il s'endort.

25

L'article produit son petit effet. Mathieu y raconte par le menu la disparition d'Akhan, du contremaître et la cavale désespérée de la comptable incendiaire brûlée au troisième degré. L'hôtel du parc, l'hôtel de police puis l'hôpital. Et cette évasion magnifique. Sur la photo de Patrick, prise sur le perron de l'hôtel, Brigitte Duris semble regarder son objectif d'un œil féroce au moment de s'engouffrer dans la voiture de police. Cette fois, le doute n'est plus permis. C'est elle qui a déclenché l'incendie. Reste à savoir pourquoi. La dernière phrase renvoie la police à son enquête, « qui ne manquera pas de révéler le mobile de cet incendie criminel ».

26

Baldelli arrive, décomposé, au Café de la Paix. Il semble éviter les regards. La jeune serveuse s'approche, goguenarde. « Et pour Monsieur ? » Baldelli commande un café, tente un sourire entre la complicité et la terreur absolue.

- Mathieu, c'est une folle ! Elle a d'abord voulu que je la frappe. Au début sur les fesses et puis elle voulait des gifles. Alors moi, je n'aime pas ça du tout. J'ai très vite arrêté. Elle a commencé à m'insulter. A me bousculer. Elle a fini par me donner des coups de poing. Je l'ai calmée comme je pouvais. Je lui bloquais les bras. Et là, elle est rentrée dans une excitation dingue ».

- Tu as intérêt à assurer, elle m'a dit que tu plairais beaucoup à sa mère.

- Une maso. Il fallait que je tombe sur une maso.

- Elle a commencé par t'ébouillanter. Tu es bien sûr que tu n'es pas branché SM toi aussi ?

- Ouh là. Je dois absolument en parler à mon psy.

- Tu risques de l'exciter !

- Te voilà encore fourré jusqu'au cou dans une histoire de fou avec ta comptable ! J'ai lu ce matin, c'est un morceau la Brigitte !

La serveuse revient avec un café. L'air gracile et détaché. Baldelli lui adresse un regard apeuré. Elle en paraît ravie.

Toussaint entre à son tour. Il salue Mathieu et Baldelli qui en profite pour aller voir sa tigresse.

« Disparue, évanouie, évaporée, désintégrée. La Duris s'est transformée en fantôme. Et on ne retrouve ni Akhan, ni sa sœur... Je ne te raconte pas le juge. Il est fou de colère. Sans parler du procureur. Piretti a menacé de faire muter tout le service. Berche n'en mène pas large. Et ton papier de ce matin, c'était le coup de grâce. Voilà, tu as toute l'ambiance. Tu as pu récupérer un peu ?

- Sauf le genou. J'ai du tomber dessus. Ismet a disparu lui aussi ? J'ai une raison toute personnelle de lui en vouloir.

- Pas une trace. On a mis des mecs partout. Il n'est pas rentré chez lui depuis l'incendie. Aucun mouvement sur son compte. C'est une histoire dingue.

- Je te le confirme. Moi, ça me fait des papiers. Elle me plaît cette comptable. Le jour de son procès, on sable le champagne.

- Je serai probablement à un carrefour en train de faire la circulation.

- Et Berche à distribuer des PV sur les stationnements handicapés.

- Au fait, tu as revu Pierrot ?

- Pierrot ? Euh pas vraiment. Il devait être en repos. Il a quitté Yelda. C'est une fille super. Elle y croyait.

- Ma femme et Yelda sont très copines. Elles sont instit' toutes les deux à l'école du centre. Il paraît qu'il ne va pas fort du tout.

- Yelda... C'est d'origine turque ça ?

- Kurde. Kurde, de Turquie. Je crois que c'est compliqué.

- Tiens, je vais appeler Pierrot pour la joindre. J'ai besoin d'en savoir un peu plus sur les Loups Gris.

- On a essayé de gratter aussi. On n'a pas grand-chose. Les Renseignements Généraux n'ont qu'une minuscule fiche concernant un type qui aurait passé quelques semaines à Varengeville. Rien de plus. Un ultra-nationaliste. Mais rien de local.

- Et pourtant...

- C'est là que je me rends compte que l'on ne connaît rien de cette communauté turque. Elle ne fait pas de bruit, ne casse rien, travaille du matin au soir. Personne ne revendique rien chez les Turcs. Il y a parfois des heurts sur des questions d'honneur qui nous dépassent. Ils sont pris dans des codes qui sont loin de nous.

La serveuse vient s'enquérir de la commande de Toussaint. Il étouffe un mouvement de surprise, se reprend puis commande un café sur le ton le plus neutre possible. Mathieu l'interroge du regard. La serveuse reste une seconde de trop, comme si elle hésitait à interpeller Toussaint, puis elle rejoint son comptoir. Tout en triturant la machine à café, elle continue à regarder le flic qui lève plusieurs fois les yeux sur elle. Il finit par susurrer l'air de rien. « On l'a embarquée le mois dernier après une descente dans un bar à… ambiance. On cherchait un julot. L'ambiance, c'était cuir, menottes, latex et croix de Saint-André, si tu vois ce que je veux dire… » Mathieu ne peut réprimer un fou-rire. Il imagine déjà Baldelli à quatre pattes hennissant à chaque coup de fouet.

La serveuse revient. Un air sévère sur le visage. Elle dépose son café et dans un souffle : « Le droit à l'oubli, commandant Toussaint. Le droit à l'oubli ».

Toussaint ne moufte pas. Mathieu est très impressionné par le ton de la jeune femme qu'il imaginait jusque-là plutôt légère. Toussaint la suit du regard. Il la voit s'arrêter vers Baldelli qui se trémousse. « Il est mal barré Jérôme. Le dernier client dont elle s'est occupée a été transféré aux urgences avec des coulures de cire partout et des brûlures de cigarette. On lui a foutu la paix. Le client n'a jamais porté plainte. Un haut-fonctionnaire du département… Et si la PJ commence à s'occuper de tous les tordus »

Baldelli est prévenu. Pas sûr qu'il soit vraiment à son affaire.

27

Milie est couchée sur le ventre au milieu du canapé. Appuyée sur les coudes, la tête calée dans les deux mains. Son string a disparu dans les insoupçonnables mystères de la grâce féminine. Elle a laissé ses bas. Elle dit toujours qu'elle utilise les bas pour remonter la vie de couple tout en haut. Mathieu vient de rentrer. A peine défait son blouson. Milie replie son ordinateur portable sans l'éteindre, ce qui agace à chaque fois Mathieu.

- Voilà longtemps que j'ai envie d'écrire. J'ai commencé en secret. Les enquêtes de Mathieu Launay. Les Aventures d'un fait-diversier dans le monde cruel des hommes. J'ai la matière sous les yeux et en temps réel. Si tu veux bien, je serai ton hagiographe, comme un commentateur. Je suis certaine que tu vas trouver ça drôle.

- Il faudra que tu parles de toi dans ton livre.

- On verra. Pour l'instant, tout se met en place. Mais je dois dire qu'il y a trop de personnages dans tout ça. Il va falloir en éliminer quelques-uns si je veux garder mes lecteurs. Comment je fais moi, avec Akhan, Toussaint, Hébuterne ?

- Duris, Basinger, Ismet… Tu vas mettre Baldelli ?

- Evidemment. Il est omniprésent.

- Il va lui arriver des bricoles, je t'expliquerai.

- Oh je sais, il est passé tout à l'heure, il m'a tout raconté.

- Dans le bar sado-maso, elle se faisait appeler Shangria. C'est tout un programme.

- Je crois qu'il n'a pas encore découvert tous ses éléments de personnalité. Pour la comptable, il serait peut-être bon d'avoir les explications du PDG de la boîte. Il doit être mûr maintenant. Et ça tomberait bien à ce moment-là de l'histoire.

- C'est mieux d'attendre qu'il vienne.

- Et les Loups Gris ?

- Je vais commencer à gratter. L'ex de Pierrot est d'origine turque. Elle avait justement fait une thèse sur les milieux nationalistes turcs. Je vais l'appeler. Peut-être faudra-t-il que je retourne dans les locaux de l'association turque en vieille ville. Même s'ils sont assommants.

- Et les francs-maçons ?

- Je crois qu'ils mesurent à quel point leurs rangs sont fragiles et facilement infiltrables.

- Tu crois qu'ils vont réagir contre Durisator ?

- Réagir ?

- S'ils sont capables de la protéger, ils sont aussi capables de la flinguer, non ?

- A voir. On mange ?

- Nan. On baise.

- On mange après ?

28

Neuf heures. Déjà trois messages sur le répondeur du portable. Les deux premiers viennent de Basinger, le PDG qui demande qu'on le rappelle d'urgence. Il ajoute : « Monsieur Launay. J'accepte maintenant de vous voir à vos conditions. Nous nous entendrons sur les termes que vous utiliserez mais je ne vous demande plus de relire l'article avant publication ». Le troisième appel, c'est Baldelli. Il renonce, lui aussi.

Dans le salon de l'hôtel, Basinger est encore plus nerveux que la dernière fois. Mathieu pense à Milie qui voulait le relancer.

- Je dois maintenant faire savoir que nous nous sommes fait avoir depuis le début. Cette fois, c'est la police qui me demande des comptes en direct. Tout juste si on ne m'a pas collé en garde à vue. J'ai beau leur dire que je ne suis pas en mesure de leur donner les éléments comptables, ils ne me croient pas.

- C'est bien vous qui avez les manettes de l'entreprise ?

- Brigitte Duris m'a été recommandée il y a deux ans lorsque j'ai racheté cette société. Et par du beau monde. Elle avait des lettres de plusieurs personnalités locales et même d'une juge du tribunal de grande instance. La juge des tutelles. Elle travaillait d'ailleurs au service des tutelles en tant que comptable quand je l'ai embauchée. Avec de telles références, on y va les yeux fermés. Et je me suis rendu compte qu'elle était parfaitement à son affaire. A chaque fois que je l'appelais, elle me présentait une situation florissante. Elle a une capacité hors norme pour gérer le quotidien, les conflits. J'ai fini par lui laisser la barre et lui faire une confiance aveugle.

- Vous m'avez dit que vous êtes à la tête d'un groupe.

- J'ai cinq autres sociétés à gérer, dont deux assez importantes sur un marché très concurrentiel. Toujours dans le luxe. Vous comprenez que si une des sociétés fonctionne par elle-même, il y a assez à faire ailleurs. Grosse erreur. Il y a un trou de deux millions d'euros dans la caisse.

Mathieu reste sans voix.

- Nous avons découvert tout ça avant-hier avec mon comptable en épluchant les comptes édités par la banque. Elle disposait du chéquier de la société. Elle a commencé par quelques retraits qu'elle justifiait par des avances, ou des remboursements de frais. Au bout de quelques mois, des sommes importantes ont été prélevées. Jusqu'à deux cent mille euros le mois dernier.

- La banque ne vous a pas alerté ?

- Elle avait accès au compte et les pleins pouvoirs.

- Mais le comptable du groupe n'a rien détecté ?

- Il faut croire que non. Il n'avait pas le détail des mouvements. Il a commencé à tiquer quand il a demandé le bilan d'exercice de la première année. Il fallait bien clôturer. Elle ne lui envoyait pas. Il a eu tous les prétextes possibles. Brigitte venait d'avoir un accident. Elle a ensuite attrapé un cancer du sein. Sa mère est morte subitement. Un jour, je l'ai appelée. Elle m'a raconté tous ses malheurs en direct. On est alors obligé de compatir. A deux reprises, devant ses récits d'ablation mammaire et de complications sur les ganglions, j'ai dû renoncer à lui parler de comptabilité. Elle savait y faire pour gagner du temps.

- Mais pourquoi jouer la montre ? Elle savait bien qu'elle devrait rendre des comptes tôt ou tard ?

- Je n'ai pas encore la raison exacte. Je sais aujourd'hui qu'elle a mis le feu très précisément dans le local administratif pour faire disparaître toutes les traces écrites. Manque de chance pour elle, le feu s'est propagé de l'autre côté et le souffle de l'explosion a éteint le début de feu dans la partie bureaux. Curieusement, je lui avais annoncé que je viendrais la semaine dernière. Et c'est à ce moment que ça brûle…

- Je commence à comprendre. Mais pourquoi a-t-elle détourné autant d'argent ?

- En tout cas, ce n'est pas pour s'habiller.

- Où sont passés ces deux millions ?

- Je n'en ai pas la moindre idée. Pas sur ses comptes à elle, d'après ce que m'a dit la police. Le pire, c'est qu'on me regarde de travers aussi. Les flics peuvent très bien penser que j'étais non seulement au courant mais en plus intéressé à l'affaire. Alors que je suis seulement victime. Et avec moi toute la société.

- Elle est décidément très forte.

- J'aurais dû l'enregistrer à l'époque. Je vous assure qu'elle est très convaincante quand elle explique qu'on lui a posé un drain qui la fait souffrir horriblement mais qu'elle tient quand même à être présente pour ne pas abandonner l'entreprise. Elle vous fait comprendre qu'il ne faut pas trop lui en demander et qu'on peut renvoyer les comptes à plus tard. D'abord un sein, ensuite la chaîne ganglionnaire, et puis nouvelle opération du sein, cette fois plus en profondeur. Elle m'expliquait qu'ils lui avaient gratté les côtes... Et puis la mort de sa mère, obligée de s'absenter le jour où j'avais prévu de venir. Alors on repousse. Et puis les obsèques et les affaires familiales à régler. On repousse encore. Arrive alors l'accident. Là, elle me sortait des crises de larmes incroyables au téléphone. Je finissais par être convaincu avec elle que le sort s'acharnait. Elle finissait toujours les conversations par m'expliquer qu'elle ne manquait pas de courage, qu'elle surmonterait tout ça. En attendant, elle n'a jamais eu de cancer du sein. Sa mère est bien vivante à la Rochelle et elle n'a jamais eu d'accident. La police a cherché partout, ils n'ont strictement rien trouvé de tout ça.

- La reine de la manip'

- C'est un escroc en jupon. Je pense que tout le monde se serait fait avoir à ma place.

- Vous avez entendu parler d'une maison qu'elle se serait fait construire en Turquie ?

- Absolument pas. J'ai su par la police qu'elle avait une relation avec Ismet, le contremaître. Mais rien de plus.

- Vous avez des nouvelles de votre salarié Akhan ?

- La police m'en a parlé aussi. Il aurait été enlevé par des Turcs. Il était dans l'entreprise depuis peu de temps.

- Oui mais... quand même !

- Oui, oui, c'est préoccupant.

- Je vois.

Le PDG semble sincère, y compris dans son absence totale d'empathie pour le jeune Akhan. Il semble curieusement soulagé d'avoir pu raconter tout ça. Il est en tout cas moins nerveux qu'au départ. Il insiste. « C'est vrai que ça peut paraître léger pour un président de groupe de laisser une de ses entreprises aux mains d'une seule personne. C'est une bonne leçon. Je vais renforcer le contrôle et la sécurité financière. Finalement je ne la connaissais pas. Est-ce qu'on connaît vraiment ses salariés ? »

Rodolphe Basinger se redresse, empoigne son verre de Perrier et replace sa mèche là où elle doit être. « Bon alors, qu'est-ce que vous allez écrire ? »

29

Que pouvait faire la sœur d'Akhan dans cette ambulance ? Mathieu essaye par acquis de conscience de retrouver son numéro dans le journal d'appels du téléphone. Il sonne évidemment dans le vide jusqu'au répondeur. Il appelle Toussaint.

- Je n'ai aucune entrée dans la communauté turque, Mathieu.

- D'abord Akhan, ensuite sa sœur. Que pensent les autres membres de la famille ?

- J'y suis allé ce matin. Ils ont l'air abasourdi. Il n'y a qu'un petit frère qui parle français. La maman et le papa sont âgés. Ils sont abattus. Je suis allé les voir deux fois. Le petit frère ne parle que très peu. C'est comme si c'était une fatalité.

- Pourtant non. Tu as quoi sur Akhan ?

- Rien, il a fait des études scientifiques et multiplie les petits boulots. Son frère m'a dit que ses études ne lui avaient servi à rien. Il m'a dit qu'il était militant, mais il ne savait pas de quoi.

- Et Basinger ? Tu y crois à son numéro de vieille mémé coincée dans les toilettes ?

- Je crois que la Duris est encore plus douée que ce que j'imaginais au départ. Mais quand même. Il ne faut pas être bien malin pour allumer un feu avec un jerricane d'essence à la main.

- Elle le tenait au moment du souffle ?

- L'expert a retrouvé des fragments de peau sur la poignée.

- Tu savais qu'elle travaillait au tribunal avant ? Qu'elle a dû manipuler des sommes énormes au service des tutelles ?

- Oui, mais ça, je ne suis pas censé te le dire. Le procureur s'est fait mettre la pression par le président du tribunal et Berche avec. Ils se protègent entre magistrats, c'est normal. La jeune juge des tutelles a expliqué qu'elle était effectivement très copine avec Brigitte Duris. Mais elle se souvient quand même de nombreuses plaintes des gens mis sous tutelle. Ils ne voyaient pas arriver l'argent. Il y a aussi eu quelques comptes vidés. Des gens dont on est supposé protéger les intérêts et qui subitement se retrouvaient sans rien. Il faut dire que la plupart ne sont pas en état de voir quoi que ce soit. Le système a été un peu mou à réagir. Et à ce jour personne ne s'est vraiment offusqué qu'on soulage les dépressifs, les alcooliques, les débiles légers et le reste de toutes leurs économies. On est en train de vérifier les comptes. On sait déjà que ça porte sur plusieurs centaines de milliers d'euros.

- Quand même.

- Et en plus la juge l'a recommandée personnellement, avec lettre à l'appui, au PDG de G3E qui cherchait une comptable.

- Réseau ?

- Sans doute.

30

Mathieu passe en coup de vent à l'agence. Il attrape son courrier, offre une cigarette à Yvette. Une note de service sur l'utilisation collective des voitures de service, deux lettres. L'une vient de La Rochelle. Gormeau enrage dans son bocal. Le chef d'agence refuse de mettre Mathieu à plein temps sur l'affaire Duris. Il lui manque déjà Pierrot à l'effectif. Il est arc-bouté à son bureau comme s'il s'agissait d'une excroissance. Il ne s'est pas levé depuis au moins trois heures. Le visage rouge pivoine, une étonnante collerette de cheveux blancs sur le crâne, il marmonne quelques imprécations. Mathieu croit comprendre qu'il est en train de maudire le genre humain sur plusieurs siècles.

- Si je décroche, je perds le fil. Il faut masser un maximum, ne pas laisser retomber. J'ai l'interview du PDG et une partie du pédigree de la comptable. C'est énorme. Elle a détourné de l'argent en travaillant au tribunal.

Gormeau s'adoucit. « Ah ? »

- Ben oui, je n'arrête pas depuis ce matin.

- Tu me fais un appel de une ?

- Promis.

- Alors fonce. J'ai eu le rédac-chef ce matin. Il est aux anges.

- Tu aurais pu commencer par là !

- Oui, mais je lui ai vite répondu que je ne pouvais plus faire tourner cette boutique sans effectifs. En pleines vacances de février, un absent et un détaché, on se retrouve à trois. Je sens l'AVC arriver, réapprendre à manger, à parler, rencontrer ma femme pour la première fois… Tu vois ce que je veux dire.

- C'est sans doute la première fois en cinq ans que tu parais humain, avec des limites et des faiblesses. J'en suis tout ébaubi.

- Dégage.

31

La juge des tutelles refuse d'abord de voir un journaliste. Au téléphone, la jeune femme explique qu'elle ne souhaite apparaître en aucun cas. Elle ajoute fermement qu'elle poursuivra le journal si la moindre allusion est publiée. Mathieu ne veut pas la braquer, c'est l'échec assuré. Il cherche à comprendre, à recouper. Il a déjà quelques éléments. Il évoque les confidences du PDG, cette façon qu'avait Brigitte Duris de s'inventer tant de malheurs pour neutraliser les autres. Finalement la juge se lance. « Si vous promettez de ne pas me citer, je veux bien vous raconter comment je l'ai rencontrée. J'ai cru avoir une amie, une vraie amie. Elle est rentrée dans ma vie totalement. On se voyait toute la journée au tribunal et parfois elle m'appelait. Je suis très jeune, quand vous débarquez avec votre diplôme, votre robe de magistrat et votre solitude dans une ville comme Varengeville, ce n'est pas très simple au début. Surtout à huit cents kilomètres de chez moi. Brigitte a commencé par m'appeler, beaucoup. Elle m'invitait le soir au restaurant et puis on sortait le week-end, elle me délurait un peu. Elle revenait le dimanche avec un cadeau, toujours. Elle s'était fixé comme mission de décorer mon petit appartement. Je n'avais pas encore vraiment fait la transition entre ma chambre d'étudiante et mon vrai logement. C'est le moment où j'ai perdu ma mère. Brigitte m'a écoutée, longuement. Je lui ai tout raconté. On se disait tout. Elle me donnait des conseils. Elle était très tactile, elle me prenait dans ses bras. Elle était rassurante, enveloppante. On rigolait ensemble de son physique. Elle était forte mais comme je suis toute menue, elle disait que ça compensait. Elle m'a accompagnée un jour, dans la famille, peu de temps après la mort de maman. Je l'ai présentée à mon père. Tout le monde l'a adorée tout de suite. Mon père trouvait que j'avais beaucoup de chance de tomber sur une copine de cette trempe. Il me disait qu'il se sentait rassuré pour moi.

On a presque formé un petit couple au fil des semaines. Le lundi soir on allait au cinéma. Le mardi au restaurant, le mercredi, c'était yoga. Un jour, une copine d'enfance est venue me voir pour passer un week-end. Brigitte m'a presque fait une crise de jalousie. Elle ne m'a pas appelée pendant deux jours. J'en étais toute retournée. Presque en manque. En quelques mois, Brigitte est devenue ma collègue, ma copine, ma mère, ma confidente, ma conseillère. Elle savait tout de moi, c'était ma protectrice. Un beau jour, j'ai eu une liaison avec un jeune avocat de Varengeville. Brigitte m'a fait une colère terrible. Elle s'est mise à hurler qu'il me fallait beaucoup mieux, qu'il était en train de profiter de moi, la petite juge perdue dans une ville inconnue… Je me souviens de notre premier rendez-vous avec Yves. Elle n'arrêtait pas de m'envoyer des SMS pour me demander comment ça se passait, ce qu'il me disait. A la fin du repas, elle m'a envoyé : « tu es mûre pour le coup du dernier verre ma petite ».

Pour tout vous dire, je me suis rendu compte que ce qui protège a aussi la propriété d'enfermer. Je lui avais donné toutes les clefs. D'ailleurs tout cela a fait peur à Yves. Elle a exigé de le voir pour se faire une idée, qu'elle s'était évidemment déjà faite. Il s'est rendu compte qu'il n'avait pas beaucoup de place dans le couple que je formais avec Brigitte. J'étais débordée de sollicitations positives, engloutie par l'affection de Brigitte, submergée par ses bonnes intentions, je n'avais plus aucun espace pour moi. Et en même temps j'avais besoin d'elle, j'avais peur du vide qu'elle laisserait dans ma vie si jamais elle disparaissait. Là, j'ai commencé à douter. J'ai aussi commencé à souffrir de crises d'asthme. Je suis allée consulter un psy. Il a tout de suite compris. Un beau jour, une collègue m'a demandé si je connaissais un comptable pour un de ses amis qui voulait reprendre une société. J'en ai parlé à Brigitte. C'était l'occasion de doubler sa paye. J'ai fait une belle lettre de recommandation qui était en même temps une sorte de libération pour moi. Elle a été prise sur le champ. Elle m'a appelé un soir, tout en me remerciant pour la lettre, elle m'a fait comprendre qu'on ne se verrait plus jamais. Elle a littéralement disparu de ma vie. Pendant quinze jours, j'ai plongé dans une sorte de dépression, un grand néant. Et puis les crises d'asthme ont cessé… Je vous dis tout ça… Je me suis laissé embarquer par mon histoire. J'en parle très peu d'habitude. C'est sans doute la première fois que je la raconte aussi clairement ».

Un silence. La juge sort subitement de son élan. « Vous savez, j'ignore si cette histoire aura des conséquences pour moi. Il est possible qu'on me reproche cette lettre. Je vous demande de ne pas m'enfoncer davantage. Je vous laisse imaginer si vous sortiez un papier ».

Coincé. Mathieu est coincé. Cette jeune femme est blessée. Elle est touchante aussi. Mathieu ne peut imaginer une seconde de mettre en balance l'occasion d'un article savoureux et la détresse d'une petite juge. Se faire prendre par les sentiments, dans toutes les largeurs.

- Je devrais sortir un papier féroce sur une juge qui recommande une comptable véreuse. Taux de lecture maximum. Pour tout vous dire, je n'en ai plus le cœur. Si vous m'aviez jeté, vous y auriez eu droit.

- Ah ? Vous avez donc du cœur ?

32

« Et là, le héros fixe un rencard à la petite chose mouillée, Il veut tellement protéger cette petite juge paumée qui lui fait tellement de peine. Elle se retrouve vite dans les bras du vaillant journaliste qui l'emporte loin du bruit du monde ».

- Hein ?

- Je te rappelle que je suis en train d'écrire tes aventures en direct. Là, j'anticipe un peu, certes, mais c'est évident que le héros va la sauter.

- Ben non Milie. Il a tout ce qu'il faut dans sa vie le héros.

- Tu crois quoi ? Ce genre de chien perdu sans collier passe son temps aussi à susciter des réflexes de protection. Elle n'est pas seulement victime, ta juge. Elle l'a laissé venir, la Duris. Elle lui a laissé prendre toute la place. Ils sont assez forts aussi à ce jeu-là, les gens vides. Ils se laissent remplir. Et si c'était eux les manipulateurs ? Et si elle t'a vraiment minaudé cette réplique - vous avez donc du cœur gnangnan - c'est juste pour que tu la sautes.

- Je ne pense pas. Notre dialogue s'est arrêté là.

- Bon. Mais je reste convaincue que les histoires d'emprises sont toujours réversibles. Celui qui gouroutise n'est-il pas finalement gouroutisé ? Qui est le bourreau, qui est la victime ?

- Maintenant que tu le dis.

- Un manipulateur ne manipule que si on le laisse manipuler. La perversité est toujours partagée. C'est le lien qui est pervers. Et pour qu'il y ait un lien, il faut être deux.

- Oui, sans doute. Mais cette juge était dans un certain état de fragilité quand cette machine de guerre lui est tombée dessus.

- Tu as encore mal à ta dent ?

- Un peu oui, mais pourquoi tu changes de sujet ?

- Elle m'énerve cette juge. Et tu me ramènes encore un nouveau personnage alors que je t'ai demandé d'en virer de cette histoire. Je t'assure qu'on ne va plus rien comprendre. Je prends la décision unilatérale de passer l'épisode de la juge sous silence. Elle n'aura pas une ligne dans ce tome-là des aventures de Mathieu Launay. Moi je la récuse.

- Moi je veux bien l'entendre. Son histoire en dit long sur la boulimie affective de la comptable. On en croise parfois des ogres ou des ogresses qui dévorent les autres par affection. Je suis sûr qu'elle a morflé dans son enfance. Genre une mère tyrannique ou morte trop tôt.

- De la psy low-cost, Mathieu. Si je te suis sur ce terrain, je perds le peu de lecteurs qui seraient parvenus jusqu'à ce moment-là de l'histoire.

- Bon, c'est toi qui écris.

- Ouais.

33

Akhan a été retrouvé égorgé dans une décharge, à dix kilomètres de Varengeville. Juste un SMS de Toussaint. Mathieu essaye de l'appeler pour en savoir plus mais il obtient trois fois son répondeur.

34

Berche n'a presque pas bougé de son bureau depuis que Mathieu est en face de lui. D'ordinaire, il se serait levé au moins deux fois pour faire le tour du bureau, de la petite table de réunion circulaire.

Il se serait approché de la vitrine, aurait machinalement caressé une statuette africaine à tête plate et se serait rassis. Le tout avec force coups de mentons, pesant exprès sur chaque pas et un soupir de soulagement en posant ses fesses. Ce soupir se mélangeant subtilement avec l'expiration du fauteuil en cuir recevant quatre-vingt-douze kilos. Aujourd'hui, son costume n'a jamais été aussi gris. Il est mal à l'aise devant le jeune journaliste.

- Vous n'avez aucun compte à me rendre, commissaire. Jacques Hébuterne m'a fait comprendre que la notion d'entraide est parfois inappropriée en maçonnerie.

- Puisque je suis dévoilé, autant effectivement parler franchement. La fraternité est un principe de base. Elle a ses limites. Mais ces limites n'apparaissent pas toujours d'une façon très nette. En l'occurrence j'ai voulu l'appliquer à une sœur qui ne le méritait pas.

- Jusqu'à la soustraire à la justice ?

- N'exagérez pas.

- Si elle n'était pas tombée dans les pommes dans votre bureau personne n'aurait découvert qu'elle était brûlée. Il est probable que vous auriez continué à la croire.

- Jusqu'à un certain point. Il me semble que l'audition du PDG est claire.

- Vous venez de dire qu'elle est elle-même franc-maçonne ?

- C'est une sœur, oui.

- Depuis combien de temps profite-t-elle de votre réseau pour ses escroqueries ?

- C'est ce que je suis en train de vérifier personnellement. Et là, le réseau va fonctionner dans l'autre sens, croyez-moi. La maçonnerie ne peut pas fermer les yeux sur ce type de pratique. J'ai déjà demandé son exclusion. Mais je ne devrais pas vous parler de tout ça. Je vous demande de ne pas en faire état dans votre journal. Vous avez bien compris qu'il ne s'agit pas de la franc-maçonnerie qui protège un escroc, mais d'un escroc qui profite de la franc-maçonnerie. La sanction tombera. Je vous assure qu'elle tombera également dans le monde profane.

- Je ne vous aurais jamais imaginé en Merlin l'enchanteur en train de transformer le plomb en or au fond d'un vieux laboratoire...

- Revenons à l'enquête. Je pense que je serai plus à l'aise. Nous n'avons absolument rien sur Duris. Pas la moindre piste. Elle s'est évaporée dans la nature. J'ai fais un signalement à tous les hôpitaux, tous les médecins du secteur, vu l'état de ses blessures. Le médecin du SAMU m'a expliqué qu'elle était réellement dans un état critique, que ses brûlures, faute de soins, pouvaient s'infecter à tout moment de façon galopante. Elle est assise sur une bombe. Sans parler de la souffrance qui doit être insupportable. Elle va forcément chercher à se faire soigner. Il est probable qu'elle contacte un ami médecin. J'ai signalé la situation à toutes les loges de France...

- Les aéroports, les gares ?

- Rien. Elle se terre quelque part. Probablement avec son contremaître.

- Elle est recherchée pour quel motif exact ?

- Escroquerie, dégradation volontaire par incendie, harcèlement sexuel... Akhan Zorglan avait eu le temps de venir déposer plainte.

- Vous avez des pistes ? Sa sœur a pu parler ? J'avais signalé à Toussaint qu'elle se trouvait dans l'ambulance qui a sorti Brigitte Duris de l'hôpital. Peut-on imaginer que la sœur d'Akhan était complice ?

- Elle est toujours en état de choc. Les médecins disent que ça peut être très long.

- Les Loups Gris ?

- Là, on n'avance pas beaucoup non plus. Si j'ai juste un conseil à vous donner, c'est de ne pas vous y frotter. Ils sont redoutables.

- Ils en ont donné, je crois, un bon aperçu.

- Akhan a eu la gorge tranchée de part en part, d'un geste. D'après le premier examen médico-légal, c'est une plaie nette, précise, qui a provoqué la mort. Il avait les deux mains attachées dans le dos. Probablement les yeux bandés. On pourrait penser à un rituel de mise à mort. Il n'avait plus rien dans les poches. Il n'y a aucune trace, aucun indice. La mort remonte à deux jours avant la découverte du cadavre.

- C'est horrible. Une mise à mort. Je ne peux pas me dire qu'il a été trucidé pour avoir parlé à un journaliste.

- Je ne crois pas non plus. Toussaint pense qu'il s'agit d'un règlement de comptes. Peut-être une affaire d'honneur.

- Cette boîte n'était quand même pas devenue la base arrière de terroristes turcs ?

- Où une pompe à finance ? On se pose justement la question. On est en train de vérifier tout le personnel. Je vous assure qu'il s'agit principalement de travailleurs tranquilles, tous mariés et sans histoire. Ils avaient juste la particularité d'être originaires en première ou seconde génération de la même région en Turquie.

- Il va falloir faire attention aux fantasmes et aux idées reçues dans cette histoire. C'est encore un coup à jeter le discrédit sur toute une communauté.

- Je ne vous le fais pas dire. Pour moi, c'est le fait d'exaltés. Ce n'est pas non plus une simple histoire de cornecul dans l'entreprise qui a dégénéré à ce point-là. Du moins je ne pense pas. Je peux quand même vous dire que j'en ai vu d'autres dans toute ma carrière de flic.

Le sort d'Akhan perturbe Mathieu. Il a bien fallu se rendre dans la décharge pour faire une photo, décrire l'endroit. Evidemment sinistre. Les enquêteurs n'ont laissé qu'une paire de gants à l'endroit exact où a été retrouvé le corps. Des empreintes de pneus ont été prises également sur le petit chemin. Patrick a fait un ou deux clichés. Les photos sont restées dans l'ordinateur.

35

Milie chez ses parents avec ses enfants. Deux jours de repos et rien de particulier à faire à Varengeville en plein mois de février. Et puis il y a cette lettre de La Rochelle.

« Monsieur. J'ai lu avec attention vos articles concernant la société G3E. Je suis moi-même gérant d'une société importante de peinture en bâtiment. J'ai eu maille à partir avec Brigitte Duris. Elle a détourné une somme importante en sa qualité de comptable. Ce qui a mis l'entreprise en péril. Je joins à ce courrier copie de mon dépôt de plainte. Je suis à votre entière disposition pour évoquer cette affaire. A ce jour, il n'y a toujours pas d'enquête officielle ». Signé Roger Malenfer. Suivent les coordonnées.

Baldelli est passé boire un café. Entre ses détachements de formateur et ses délégations syndicales, ce type ne travaille jamais. Mathieu lui explique qu'il a très envie d'aller trouver ce patron déchu. « Banco, je t'accompagne ».

- On y va ?

- Il me faut des slips, des chaussettes, mon spray contre l'asthme et ma brosse à dents.

- Tu es asthmatique ?

- Non, mais j'ai toujours peur de faire une crise.

- Mais si tu n'en as jamais fait ?

- J'ai vu un type en faire une un jour. Depuis, j'ai toujours un spray sur moi.
- Tu me promets que tu ne parles pas sans arrêt dans la voiture ?
- Je vais faire un effort.
- On achètera tout ça demain là-bas. On est partis. Euh, ma Clio est un peu au bout du rouleau. On pourrait prendre ta voiture, elle est toute neuve.

Baldelli regrette instantanément son élan de solidarité. Il boude. Mathieu sait trop ce que peut représenter cette notion de partage d'un véhicule pour Baldelli. C'est un objet de fascination sans limite pour lui. Et très égoïste. Lui demander pareille chose pourrait entraîner une rupture totale, irréversible et totalement unilatérale de tout lien d'amitié. La situation de blocage est réelle. Mathieu doit jouer fin. « Oh et puis laisse tomber, j'irai en train. Je vais chercher un billet sur le Net ».

Mathieu attrape l'ordinateur portable et commence à pianoter en surveillant Baldelli du coin de l'œil. Il ne bronche pas. Mathieu commente pour lui-même. « J'ai un train pour Paris dans une demi-heure. Je le réserve… »

« Bon tu fais chier, on y va, mais je te préviens, on ne mange pas dans la voiture, on ne boit pas et on ne dort pas dedans ».
- On peut s'asseoir quand même ?
- Tout juste.

Le départ ressemble à une série de troubles obsessionnels compulsifs. Un coup de lingette sur le tableau de bord, vérification du siège à plusieurs reprises, pulvérisation de désodorisant, calage de la radio, installation du GPS, nouveau coup de lingette. Mathieu s'impatiente. Baldelli démarre et laisse tourner le moteur pour le simple plaisir de l'entendre.

Milie appelle pour lui lire le passage d'une recette de cuisine :

« mélanger les ingrédients jusqu'à obtenir une pâte agréable ».

- Je suis morte de rire, c'est quoi une pâte agréable ? Bon je t'aime. On est trop loin là.

- On va l'être encore un peu plus, hélas, je pars à La Rochelle.

- Ah. Sois prudent. Tu chasses la Duris ?

- Oui et non. Mais oui quand même.

- Tu es un obsessionnel. Tu avais l'occasion de rester cool.

- Ça me fera changer d'air.

- Bon.

- On y va, là. Je t'appelle tout le temps.

- On ?

- Oui, Baldelli vient avec.

- Tu me feras écouter la mer depuis La Rochelle ?

- Promis… Je pense à toi.

Baldelli se décide à démarrer. Il est concentré comme s'il avait conscience en temps réel de tous les mécanismes électroniques qui s'activent dès que son pied effleure la pédale.

- Ecoute le bruit que ça fait deux mille ans de civilisation, dit-il, nous sommes au cœur de l'histoire de l'intelligence humaine, mon gars. C'est beau non ?

Baldelli est vraiment chtarbé.

36

Monsieur Malenfer porte très mal son nom. C'est un sexagénaire rabougri qui ouvre la porte plutôt qu'un solide gaillard avec les oreilles en pointe et une barbe à la diable. Il est en train de manger et tente d'aller chercher quelques morceaux coincés dans ses incisives avec des mouvements sonores du bout de la langue. Il paraît minuscule dans l'entrebâillement de porte de cette immense maison bourgeoise.

- Ah, Monsieur Launay. Je ne m'attendais pas à vous voir en personne. Vous venez de faire huit cents kilomètres pour ça ?

- Oui, notamment.

- Je vous ai écrit parce qu'il faut quand même que ça cesse. Je suis sur la paille aujourd'hui. Tout est de la faute de Brigitte Duris.

- Je suis venu justement parler de ça. On ne l'a toujours pas retrouvée mais la police est presque sûre maintenant qu'elle est l'auteur de l'incendie. Je m'intéresse à son parcours avant qu'elle n'arrive à Varengeville.

- Bon, ne restez pas là. Vous avez mangé ?

- Non, dans la voiture on ne peut pas… Coup de coude de Baldelli dans les côtes.

- Bien, vous êtes mes invités. Je me suis préparé un rôti de veau aux airelles et c'est un peu triste tout seul. On va ouvrir une bonne bouteille.

- Euh, on ne voudrait pas vous obliger.

- Au contraire, entrez.

La maison a été luxueuse et pimpante mais c'est un souvenir. Tout est comme affadi, terni. A l'image exacte du petit homme gris souris qui trottine devant Mathieu et Baldelli. Sans se retourner et comme pour lui-même, il geint « ne faites pas attention au désordre. Je n'ai plus le cœur à entretenir cette maison. J'y survis bêtement, entièrement seul ou presque. Heureusement que j'ai l'ordinateur ». Un ordinateur portable est allumé sur la table de la salle à manger. Il émet un petit bruit, signal d'un nouveau message sur MSN. « Ben oui, je me fais passer pour ce que je ne suis pas. Je fais rêver quelques femmes. Je ne vais jamais aux rendez-vous. A quoi bon »

Mathieu et Jérôme s'installent à table pendant que le petit homme s'affaire dans la cuisine. Une bibliothèque morte git à côté d'eux. Elle est ensevelie par la poussière et il y a bien longtemps que personne n'est venu en extraire un livre. Deux titres attirent tout de même le regard de Mathieu. La Symbolique révélée et la franc-maçonnerie du XXIe siècle. Le petit homme revient.

- Alors c'est vous Mathieu Launay... Figurez-vous que vous me procurez jour après jour l'un des plus grands plaisirs de ma vie. En démasquant cette épouvantable bonne femme. Je vais trouver tous les jours vos articles sur le Net. Elle montre enfin son vrai visage. Il aura fallu attendre qu'il y ait un mort.

- Attendez, pour l'instant, ce n'est pas lié.

- Pour l'instant.

- Pourquoi vous lui en voulez à ce point ?

- Servez-vous, n'hésitez pas.

Baldelli se rue sur le rôti avec une férocité sans nom. Il se découpe une tranche pour au moins quatre personnes.

Roger Malenfer se raidit. Il commence à raconter.

- J'ai embauché Brigitte Duris comme assistante comptable, elle m'avait été recommandée par des amis et nous avions quelques accointances.

- Vous voulez dire qu'elle était franc-maçonne également?

Malenfer se trouble.

- Vous êtes perspicace. Je ne sais pas comment... Mais peu importe. Elle est arrivée dans la société. C'est une affaire de famille que j'ai reprise de mon beau-père. Le capital appartenait à la famille de ma femme. Nous avions une cinquantaine de salariés. A ce moment, nous avions besoin de relancer la partie comptable. On me l'avait présentée comme étant très compétente. Nous avions un vieux comptable dépassé et je voulais moderniser tout ça. Elle s'est imposée très vite. Au bout de quelques jours, elle m'a présenté un rapport complet sur les erreurs comptables qu'elle avait trouvées en me disant qu'il était hors de question qu'elle travaille de cette manière. Je l'avoue, j'ai été très impressionné. J'ai décidé de lui faire confiance. J'ai écarté le chef pour lui donner la place. Il ne l'a pas supporté d'ailleurs. Il a démissionné.

Baldelli produit un bruit de mastication indécent, engouffrant des morceaux de rôti gigantesques.

- Et puis Brigitte s'est installée dans l'entreprise. Et dans ma vie. Elle a cherché une liaison avec moi. J'ai joué le jeu au début. Elle est devenue indispensable en quelques semaines, incontournable. Il ne s'est rien passé de très sérieux entre nous. A l'époque, je l'étais... sérieux. J'ai résisté à ses avances mais je dois bien avouer que sa présence m'est peu à peu devenue essentielle. Elle m'accompagnait partout. J'avais des fonctions à la Chambre de Commerce. Nous nous retrouvions également le soir... avec nos amis. Elle voulait que je la présente. Un jour, nous sommes allés dans un séminaire de formation. Le soir à l'hôtel, elle est venue gratter à ma porte. Elle m'a expliqué qu'elle était en détresse, qu'elle avait perdu un enfant quelques années auparavant, qu'elle ne s'en remettait pas mais qu'elle poursuivait sa route pour lui. Elle m'a décrit son enfance comme un cauchemar. Elle voulait réussir pour se prouver que sa vie n'était pas un échec. Nous avons passé la nuit à discuter. Je la trouvais admirable de courage. Elle était en tenue légère. J'ai craqué.

Baldelli suspend un instant le vol de sa fourchette jusqu'au cratère qui lui sert de bouche et interrompt plusieurs secondes l'infernal boucan de son activité masticatoire.

- Le lendemain, je me suis repris, j'ai fait comme s'il n'était rien arrivé. J'étais marié et tout allait bien dans ma vie même si rien n'est jamais simple. Je tenais à ma femme. Nous avons deux beaux enfants qui commençaient à voler de leurs propres ailes.

Je ne voulais pas tout sacrifier. Et puis la société lui appartenait entièrement. Je n'étais que salarié ».

- Elle n'a pas supporté que vous vous refusiez à elle ?

- J'avais fauté une fois. J'étais ferré. Elle s'est arrangée pour se rapprocher de ma femme qui l'a soudain trouvée charmante. Elles sont devenues très amies, là encore en quelques semaines. Brigitte s'éloignait de moi dans le même temps. Elles s'invitaient entre copines. Il est aussi arrivé très souvent que Brigitte vienne manger à la maison le soir. J'étais un peu décontenancé. Elles partaient ensuite au cinéma ou s'encanailler, comme elles disaient. Dans la société, Brigitte a commencé aussi à prendre ses distances avec moi. Je me suis rendu compte qu'elle commençait à donner des ordres, à prendre des initiatives. Un jour, elle a dénoncé un contrat important que nous avions avec un fournisseur. C'était un ami de longue date. Il est venu me trouver. J'ai rétabli le contrat mais Brigitte est passée par ma femme en lui expliquant que je me faisais avoir. Il a fallu que je m'explique, moi, après avoir dirigé la société pendant plus de vingt ans. Et Brigitte n'a pas lâché. L'histoire est arrivée devant le conseil d'administration, c'est-à-dire toute ma famille, ma femme et mes beaux-frères. Ils ont décidé de suivre Brigitte et d'annuler le contrat. Sur le plan financier, c'est vrai que ce contrat pesait, mais je jouais sur la qualité. Et nous avions quelques facilités de règlement avec l'ancien fournisseur. J'ai commencé à me trouver fragilisé avec tout ça. Et Brigitte m'évitait de plus en plus, m'isolait. Elle passait par ma femme qu'elle voyait de plus en plus. Elles ont même décidé de partir ensemble passer quelques jours de vacances entre copines dans notre maison de Canet-en-Roussillon. Je ne reconnaissais plus ma femme. Elle était transfigurée. Et j'étais évidemment dans l'impossibilité de lui dire quoi que ce soit sur Brigitte. Un temps j'ai pensé qu'elle avait tout raconté à ma femme qui était en train de se venger. Je me suis retrouvé coincé.

- Et là, c'est la mise à mort.

- C'est bien trouvé. Je n'aurais pas d'autre mot. Ça faisait presque deux ans que Brigitte était arrivée dans l'entreprise. En ce moment, je vous raconte très vite, à grands traits, mais c'est subtil tout ça, par petites touches successives, par des attitudes, des sous-entendus, des minuscules événements. Je sentais ma femme se détacher, douter, m'observer. Par exemple quand Brigitte mangeait à la maison, j'ai surpris plusieurs fois des regards appuyés vers ma femme à chaque fois que je parlais, que je racontais une chose anodine. Un jour, j'ai perdu mon téléphone. J'avais prévu d'aller en racheter un autre, j'avais assez de points pour que cela ne me coûte pas grand-chose. Et l'ancien l'était vraiment, il fallait que je le change. Brigitte avait essayé de m'appeler et je lui ai répondu que je l'avais égaré. Comment a-t-elle présenté les choses à ma femme ? Je sais seulement qu'elle est venue dans mon bureau ce soir-là pour me dire qu'elle était de plus en plus inquiète pour moi, que je ne la rassurais pas, que c'était un signe de plus. Elle m'a clairement fait comprendre qu'il fallait que je me reprenne au plus vite. Cet incident absolument mineur est devenu au final déstabilisant. J'avais beau expliquer que ça peut arriver à tout le monde, elle ne m'entendait pas, me regardait de travers, les sourcils froncés, comme si elle se trouvait devant un amnésique. Je me suis rendu compte dans le même temps que l'histoire a fait le tour de l'entreprise, et que Brigitte en a fait la plaisanterie de la semaine. Elle m'isolait de ma femme, de mes salariés et de mes actionnaires. J'ai commencé à comprendre son jeu avec cette histoire de téléphone. J'ai alors voulu riposter en essayant d'être le plus irréprochable possible, le plus égal à moi-même. Je me suis collé une pression invraisemblable. J'ai fini par vivre dans l'appréhension, puis la crainte et enfin la terreur du faux pas. Même mes frères en loge ont commencé à prendre leurs distances. J'ai su à plusieurs reprises que Brigitte s'était fait inviter chez certains d'entre eux. Il est arrivé qu'elle visite ma loge. Pendant les réunions et les repas, elle m'évitait, elle en faisait des tonnes pour séduire. Un matin, j'ai vu arriver notre médecin de famille. J'étais sur le point de partir au travail. Nous sommes amis, depuis si longtemps qu'il nous soigne. Je lui ai demandé s'il ne s'était pas trompé de jour. On a l'habitude de jouer au tennis ensemble le samedi matin. Il m'a demandé de m'asseoir et de tout lui expliquer. Ma femme l'avait appelé, elle lui avait même passé Brigitte pour qu'elle lui explique plus précisément. Là, j'ai compris que cet horrible personnage contrôlait désormais toute la situation. Le médecin a été rassuré par mes propos. Il m'a quand même dit de me méfier d'un début de dépression. Il m'a conseillé des anxiolytiques, du repos, de la marche. Incroyable. Brigitte était de plus en plus installée chez moi. Au début elle sortait avec ma femme. Et puis elle est venue passer des soirées. J'ai très vite compris que je dérangeais. Dans un premier temps, je m'enfermais dans ma pièce pour les laisser tranquilles. C'est à la fois un bureau, une chambre d'amis et là où je range mon foutoir. J'ai fini par m'y retrancher. Un soir, j'ai voulu parler à ma femme, lui dire que cette situation était exagérée, que nous n'avions plus aucune intimité et que je saturais de voir Brigitte nuit et jour. Elle m'a répondu avec une violence infinie qu'elle ne donnait pas bien cher de l'entreprise si Brigitte n'y consacrait pas tout son temps avec autant de dévouement. Quant à l'intimité, elle m'a dit qu'il y avait bien longtemps que nous n'en avions plus et qu'elle ouvrait enfin les yeux. Brigitte est venue la chercher dix minutes plus tard. Le temps que ma femme prépare ses affaires, un gros sac de voyage, Brigitte était là, dans la salle à manger, à me regarder fixement. Je n'oublierai jamais cette scène. J'ai essayé de lui parler. Je lui ai même demandé de calmer ma femme. Elle a souri. Le lendemain, je recevais par lettre recommandée dans notre boîte aux lettres sa demande de divorce par un courrier de notre avocat, celui de la famille et de l'entreprise. Un ami de plus de vingt ans. Il était précisé que je pouvais garder la maison et que j'étais prié, jusqu'à réunion plénière du conseil d'administration, d'éviter de mettre les pieds dans l'entreprise. Même mes enfants m'ont tourné le dos. C'est un gouffre qui s'est ouvert sous mes pieds ce jour-là. Il m'a englouti tout entier. J'aurais dû mettre fin à mes jours.

Roger Malenfer est effondré. Mathieu reste interdit. Baldelli, lui, est en train de terminer le rôti. Un silence totalement rance s'installe dans la salle à manger.

- Vous avez eu raison de ne pas le faire, souffle Mathieu.

- La lâcheté, sans doute.

- Ou l'espoir.

- Voilà. Il y a plus de quatre ans, maintenant, que je suis séparé. Je n'ai évidemment pas retrouvé de travail, j'avais cinquante-neuf ans. Depuis, j'ai renoué avec mes enfants. Ils viennent me voir. J'ai pu garder la maison dans la procédure. C'est moi qui l'ai entièrement payée.

- Comment l'entreprise a coulé ?

- Quelques mois après mon départ, l'ancien comptable est venu me voir avec des documents. Il avait la preuve que Brigitte avait falsifié des encaissements pour les détourner sur un compte personnel. J'étais tellement abattu que je n'ai pas vraiment réagi. Il m'est parfois arrivé de me persuader que j'étais réellement tombé en dépression et que j'étais finalement un mauvais gestionnaire, un mauvais patron. Et je n'avais plus le ressort de me battre. On a découvert un énorme trou de trésorerie au bilan suivant. Plusieurs centaines de milliers d'euros. Le comble, c'est que j'ai un jour reçu la visite de policiers chez moi. La section financière de la police judiciaire. Ils m'ont questionné pendant plusieurs heures, vérifié l'état de mes comptes et contrôlé mon train de vie. Tous les regards se sont tournés vers moi. Là, c'était le coup de pied de l'âne. J'ai renvoyé les gendarmes chez l'ancien comptable de la société. Il leur a transmis les documents. Quand ils ont voulu questionner Brigitte, elle avait disparu. Même ma femme, si proche d'elle, n'avait plus aucune nouvelle. C'est elle qui a plongé dans la dépression à ce moment-là. Elle s'est coupée du monde. Aujourd'hui encore elle ne veut plus voir personne. Même les enfants ont du mal. Et puis le tribunal de commerce a placé la société en redressement judiciaire. Les nouveaux fournisseurs ont très vite cessé les approvisionnements en attendant d'être réglés, les clients sont allés voir ailleurs de peur de ne pas être livrés. En moins d'un an, la société a été fermée. Même pas un repreneur. Rien. Cinquante bonhommes au chômage. Des gens bien pour la plupart, ils ne méritaient pas ça.

Encore un silence. Roger Malenfer vient de raconter le naufrage de sa vie. Brigitte Duris est un poison violent.

Il est déjà tard. Presque une heure du matin. Milie a laissé quatre messages. Mathieu rêve d'une bonne bière, de rires, de musique.

Au moment de prendre congé, le patron défait remercie ses visiteurs. Parler lui a fait le plus grand bien. Mathieu repense subitement à la famille de Brigitte Duris. Elle avait encore sa mère à La Rochelle, d'après Toussaint. Roger Malenfer n'en sait rien. Machinalement il tend l'annuaire rangé dans le meuble-téléphone de l'entrée. Une Simone Duris habite au 7, rue de l'Espérance. Baldelli, pris dans l'ambiance, ajoute seulement « Vous avez quand même un nom prédestiné : mal et enfer… »

Dieu qu'il est con.

37

Milie est en train de craquer. Elle pleure au téléphone. Mathieu essaie de lui parler. « Je t'ai menti. Je ne suis pas chez mes parents. Je suis avec Fred et les enfants. On a eu l'idée de passer un week-end ensemble. Je ne voulais pas que tu t'inquiètes. Je ne sais pas ce que ça va donner. Je suis un peu perdue. Excuse-moi.».

Mathieu répond qu'elle doit prendre soin d'elle. Non il n'est pas en colère. Oui, ils en parleront à son retour. Il l'embrasse aussi.

38

Impossible de trouver un hôtel. Encore moins un magasin. Baldelli répète, buté, qu'il est hors de question de dormir dans la voiture. Il tourne nerveusement dans les rues de la ville endolorie dans le froid de février. Il allume la radio, France Info. La chasse aux Roms est ouverte, les scandales continuent au gouvernement, les policiers se font canarder dans les cités. Baldelli finit par arrêter la voiture. Un coup de lingette, une pulvérisation de désodorisant. « Deux solutions, dit-il. On trouve un hôtel de banlieue à carte bancaire ou on appelle un vieux copain prof qui doit toujours habiter dans le coin mais dont je n'ai pas de nouvelles depuis au moins trois ans ».

Le téléphone sonne trois fois. Une voix enjouée décroche. Ambiance fiesta autour. « J'y crois pas, Jérôme Baldelli ! Comment tu vas ? »

Quelques échanges de nouvelles et Baldelli attaque d'entrée.

Il est avec un ami, se trouve planté à La Rochelle et lui demande l'adresse d'un Formule Un. « Pas question, on est en train de fêter mon anniversaire. Vous venez à la maison. On se débrouillera pour dormir. Et ça me fait vachement plaisir. J'habite rue de l'Espérance. Dis-moi où vous êtes, je vous guide. »

Coïncidence. Baldelli passe devant le numéro 7. La mère de Brigitte Duris habite cette petite maison qui fut coquette. Ils se promettent d'y retourner le lendemain. Mathieu voudrait tenter le coup de rencontrer la maman. Ils poursuivent jusqu'au 23, l'adresse de son ami. Ils arrivent en plein milieu d'une fête de profs trentenaires, la moitié des couples sont déjà partis. Reste une majorité de divorcés bien décidés à s'amuser. Une fille magnifique hurle qu'elle veut danser sur Kat Onoma, deux autres se trémoussent sur Massive Attack. Dans la cuisine on s'occupe d'épuiser une tireuse à bière. Deux types échangent des confidences sur les choses de l'amour en hurlant pour couvrir la musique. « Finalement, c'est quoi aimer ? » dit l'un. « C'est une question que je ne veux plus me poser », crie l'autre. « Je vais plutôt adopter un koala, c'est plus simple ». Dans une des chambres, un groupe parle boulot, ces gamins de plus en plus difficiles. Le copain de Jérôme tient à les présenter à toute l'assistance. Mathieu en est déjà à son troisième verre. Il finit par se laisser porter par les rythmes puissants de Massive Attack. La fatigue disparaît, Brigitte Duris avec, la sourde menace du coup de fil de Milie aussi. Ne reste qu'un sentiment de légèreté, une délicate ivresse de se retrouver si loin et au milieu de visages inconnus. C'est juste ce qu'il lui fallait. Sans cette douleur consciencieuse au genou, Mathieu se sentirait extrêmement bien. L'amatrice de Kat Onoma est en train de danser près de lui maintenant. Elle se rapproche, impassible, déversant en toute conscience dans la pièce plusieurs millions de mètres cubes d'hormones de fille.

39

Il est déjà quatorze heures. Douche, café, brossage de dents du bout des doigts. Mathieu est inquiet de perdre Milie. L'ami de Baldelli est en train de ranger l'appartement. Le bruit des bouteilles vides est insupportable. Une soudaine impression de vertige avec un grand vide de mémoire. Que s'est-il passé hier soir ? Le sourire amusé de son hôte ne le rassure pas. Tout en s'affairant, il finit par lui glisser « Il y a encore six mois je t'aurais cassé la gueule. Je vais mieux. C'est mon ex qui dansait hier comme une folle. Tu vois, je vais mieux ». Mathieu sourit à son tour, mais au mur du salon. Le type a déjà filé dans la cuisine. Il est manifeste qu'il ne voulait surtout pas entendre de réponse, « Mais je t'assure… Tu ne vas quand même pas te figurer que… Ah bon c'était ton ex ? »

Baldelli se lève en se grattant inélégamment le pubis. Il semble avoir une tête plus longue que d'habitude. Mathieu le presse. Avant de reprendre la route, il faut passer par la maison du 7. Baldelli se souvient qu'il doit se présenter au rectorat demain matin pour une réunion syndicale « de la plus haute importance ».

Ils finissent par rassembler leurs esprits et leurs affaires avant de filer. Ils décident de laisser la voiture au pied du bloc. La rue est déserte. La petite maison aussi. Un jardinet devant, une rampe pour se rendre au terrain, derrière, dissimulé par de vieux tuyas. Un carillon glaireux. Rien ne se passe. Ils sont sur le point de repartir quand un mouvement se produit à l'intérieur. Une petite septuagénaire monolithique apparaît dans l'entrebâillement. « Vous êtes de la police ? »

- Bonjour madame, nous sommes des amis de Brigitte. On nous a dit qu'elle était là.

- Attendez.

La porte se referme. Aimable comme une liasse de toile émeri. Finalement la porte s'ouvre à nouveau. La « sphère » réapparaît et lâche d'un trait : « je ne sais pas qui vous a dit ça mais ça fait des années que Brigitte n'a plus mis les pieds ici. Il vaut mieux que vous partiez ».

La porte se referme net et un pas trotté s'éloigne dans le couloir de l'entrée.

« Tu t'imagines une belle-mère comme ça ? » dit Baldelli, hilare.

- Non.

- Bon, là, on n'aura rien de plus. On ne mangera pas de rôti de veau chez la mère Duris ce soir.

- On décampe, tant pis. Mais… Elle va quand même consulter pour savoir quoi nous répondre. J'aime pas.

- Oui, mais tu n'es pas flic. Tu n'as pas le droit de défoncer la porte et d'aller voir ? Alors on rentre.

- Et si j'appelais Toussaint ?

- Il est à huit cents kilomètres. Et tu n'es pas non plus auxiliaire de police.

- Quelque chose me dit que…

Le copain de Baldelli arrive en courant. « Jérôme, ta voiture ! Deux types. Ils sont partis ».

Il se passe une seconde avant que Baldelli réagisse. Il commence à courir, d'abord lentement puis très vite. Le pare-brise est fracassé, les phares avec, la tôle est froissée absolument partout, les pneus sont crevés, le toit ouvrant défoncé. Un bidon d'essence a été renversé à l'intérieur. Les types n'ont pas eu le temps d'allumer.

« C'est un voisin qui est venu me chercher. Il vous a vus arriver hier et il savait que vous étiez chez moi. Il a surpris les deux types avec des barres à mines qui ne se cachaient même pas. Ils se sont taillés à pied ».

Que certains gestes peuvent être bêtes. Baldelli fait le tour de la voiture, il redresse un essuie-glace tordu, époussette quelques morceaux de verre sur le toit, Il ramasse aussi un rétroviseur et commence à essayer de le fixer à nouveau. Il ne dit rien. Juste une grosse larme.

Le téléphone de Mathieu sonne. C'est la sœur d'Akhan, à voix très basse. « Brigitte vient de s'endormir. Les hommes sont partis. J'ai pris son téléphone. Je suis à La Rochelle. Ils m'ont kidnappée. Je suis très inquiète pour mon frère ».

- Mais vous êtes où à La Rochelle ?

- On est rue de l'Espérance je crois, dans une petite maison, je n'ai pas pu voir l'adresse exacte.

- Je suis tout près. C'est nous qui venons de sonner. Ils vous ont fait du mal ?

- Non, ils me gardent pour que je soigne Brigitte. Elle est très mal en point. Je ne peux que changer ses pansements. Il faut venir me chercher. Appelez la police.

- Tout de suite. Vous avez la possibilité de vous évader ?

- Je raccroche, il y a quelqu'un qui vient.

Mathieu appelle immédiatement Toussaint qui ne répond pas. Il essaye Berche sans plus de succès. Au commissariat de Varengeville il demande l'officier PJ de permanence. Par chance, c'est Morel qui répond. « Salut, écoute-moi attentivement, je suis à la Rochelle. Au 7, rue de l'Espérance, il y a en ce moment Brigitte Duris, la sœur d'Akhan et deux hommes, probablement Ismet. Il faut envoyer du monde tout de suite ».

- Attends, en plein dimanche !

- Je crois que tu ne comprends pas bien.

- Si, j'appelle Berche tout de suite. Tu es où exactement ?

- Pas très loin.

- Tu nous tiens au courant. Je fais au plus vite. 7 rue de l'Espérance hein ? Mais qu'est ce que tu fais à La Rochelle ?

- Je t'expliquerai, fonce, c'est urgent.

Baldelli continue à faire le tour de ce qui reste de la voiture. Il n'a pas capté grand chose de ce qui se tramait.

Nouveau coup de téléphone. Cette fois c'est Berche. Il vient de demander au commissariat de La Rochelle de dépêcher une patrouille. Il veut des explications. Mathieu résume tout au téléphone en quelques phrases. Berche fait des bonds. « La patrouille devrait déjà être là ! Que voyez-vous ? »

- Je vais retourner près de la maison. Pour l'instant, nous sommes à l'autre bout de la rue. Ils ont cassé notre voiture.

- Ce qui veut dire qu'ils vous ont repérés ! Je vois à peu près se dessiner les choses, ils vont décamper et on va les perdre.

- Je fais quoi ?

- Essayez d'aller le plus près possible de la maison mais sans prendre de risque. S'il se passe quoi que ce soit, vous m'appelez. J'active La Rochelle et je demande des renforts.

Mathieu est en vue de la maison. Il aperçoit tout à coup une jeune femme courir dans sa direction. L'infirmière ! Une ambulance sort du jardinet et se lance à sa poursuite. La jeune femme se retourne et court de plus belle. Le véhicule la rattrape en quelques secondes avec des crissements de pneus et un vrombissement de moteur infernal. Elle parvient à sauter un muret au moment où l'ambulance devait la percuter. Le véhicule s'arrête. Mathieu arrive lui aussi en courant. L'ambulance redémarre dans sa direction cette fois. Il est coincé dans la rue entre deux grillages. Il feint de se diriger d'un côté de la rue et plonge de l'autre au moment même où l'ambulance arrive à sa hauteur. L'aile avant droite l'accroche quand même et le projette à quelques mètres. Des voisins sortis de leur torpeur commencent à affluer. Baldelli, son ami et quelques curieux arrivent également. L'ambulance continue sa course manquant de renverser deux piétons. Mathieu se relève. Rien de cassé. Son genou a très envie de se rebloquer mais il fonctionne quand même. Il se précipite vers le muret où a pu sauter l'infirmière. Elle est accroupie, tétanisée et en sanglots. Mathieu la prend par les épaules et l'aide à se relever. Il est lui aussi tétanisé : il faudra bien lui apprendre l'assassinat d'Akhan. Pour l'instant, elle n'a rien. « Ils m'ont enlevée quand je rentrais chez moi un soir. Ils m'ont dit que si je ne les aidais pas à faire sortir Brigitte de l'hôpital, ils tuaient Akhan et moi avec. Je suis allée aux urgences et j'ai attendu qu'il n'y ait plus personne autour du lit. Personne ne m'a vue sortir. Ils avaient une ambulance. Ils m'ont dit qu'ils me gardaient pour soigner Brigitte. Je voulais partir et voir Akhan. Ils me disaient que nous serions bientôt libres ».

- Mais qui ?

- Il y avait Ismet et un autre type. C'est lui qui commandait. Ismet avait l'air de l'écouter tout le temps. Brigitte est dans un sale état. Elle est parfois inconsciente. Ses plaies sont en train de s'infecter. Je n'avais pas de quoi la soigner. Je leur ai dit cent fois qu'il fallait qu'elle soit hospitalisée. Et Akhan ?

- Je ne sais pas.

- Pourvu qu'ils ne lui aient rien fait. Mais comment se fait-il que vous soyez ici ?

- Je vous raconterai. Mais vous, vous allez bien ?

- Ils ne m'ont pas fait de mal. Je n'ai pas beaucoup mangé ni dormi. Mais comment je vais faire avec l'hôpital ? Ça fait plusieurs jours que je suis absente. Mes parents doivent être morts d'inquiétude. Vous savez, Brigitte va mourir.

- Il reste du monde dans la maison ?

- Je ne sais pas. Quand j'ai raccroché, c'est la mère qui est entrée dans la pièce et qui est repartie. J'ai pu ouvrir la fenêtre et sauter. Ils sont arrivés juste à ce moment là. Je n'ai jamais eu aussi peur. Je me suis d'abord cachée au fond du jardin. Je pense qu'ils ont emmené Brigitte. Ils ont pris l'ambulance. Moi j'ai voulu courir pour sortir du jardin. J'ai cru qu'ils allaient m'écraser.

- Euh, moi aussi…

La patrouille de police arrive avec trois fonctionnaires. Ils ont la main sur leur arme. Mathieu leur explique rapidement. Ils ne doivent pas perdre une minute. Ils doivent bloquer l'ambulance. Un fonctionnaire veut le calmer, méfiant. « Attendez Monsieur, vous allez nous expliquer tout ça au poste. On va tous se calmer et on y verra plus clair ». Mathieu voit rouge. « Dans cette ambulance, il y a une incendiaire, et probablement des meurtriers. Ils sont recherchés depuis plus d'une semaine par la police de tout l'Est de la France. Ils ont failli écraser cette jeune femme et moi avec. Ce n'est pas assez pour déclencher des barrages ? »

Le policier élève lui aussi le ton. « Monsieur je ne comprends rien à votre histoire ». Mathieu finit par prendre son téléphone. La jeune infirmière est effondrée. Il appelle Berche en direct. « Commissaire. Je suis avec l'infirmière. Ils ont pris la fuite avec l'ambulance Gorulu. Ils ont emporté la comptable. Je vous passe le policier, je crois qu'il comprendra mieux avec vous ». Le fonctionnaire hésite à attraper le téléphone. Il prend très rapidement un air moins sûr de lui. « Commissaire, je ne pouvais pas savoir, on nous envoie sans précision. J'appelle tout de suite le central ».

L'infirmière éclate en sanglots. Mathieu essaye de la réconforter.

- J'ai compris. Vous venez de dire à l'agent de police que c'étaient des meurtriers. Ils l'ont tué, c'est ça ?

- Oui. Je ne voulais pas…

- C'est horrible.
- C'était à la police de vous l'apprendre.
- J'en étais sûre. C'est horrible.

Cette fois les policiers déclenchent le grand jeu. C'est-à-dire qu'ils envoient la seule autre patrouille dont ils disposent un dimanche après-midi à La Rochelle. Ils alertent également les gendarmes et donnent le signalement de l'ambulance.

Les fonctionnaires vont sonner à la porte de la maison. Cette fois, la mère de la comptable ouvre plus rapidement. Elle est visiblement très inquiète. « Ils sont tous partis », répète la boule en blouse. « Il n'y a plus personne ici ». Les policiers pénètrent dans la maison.

Baldelli déboule. « Il y a aussi ma voiture ! Et ma réunion ! »

40

Une nuit au poste ou presque. Milie n'a toujours pas appelé. Une visite de contrôle à l'hôpital après le choc avec l'ambulance. Simple hématome à la cuisse. L'infirmière elle aussi a été examinée par un médecin. Baldelli peste. Il est presque trois heures du matin et il n'a encore pas pu déposer plainte pour sa voiture. La mère de Brigitte Duris a été embarquée elle aussi et entendue longuement. Apparemment le semblant de barrage ne donne toujours rien. Comment est-il possible de perdre une ambulance un dimanche dans une ville comme La Rochelle ? Il faudra rentrer par le train. Mathieu tente comme il le peut de prendre soin de la sœur d'Akhan. Elle lui donne son prénom pour la première fois. Aysun. Ce qui veut dire « aussi belle que la lune ». Mathieu ne lui a pas raconté les circonstances de la découverte du corps. Il laisse ce soin-là à Toussaint ou Berche. Vers 3 h 30, un SMS arrive sur le portable de Mathieu. « Je suis rentrée, je t'aime ».

Dormir.

41

Baldelli s'est écroulé dans le train. Il dort comme une vieille souche. A côté de Mathieu, Aysun reste interdite. L'ami de Baldelli est venu les chercher au matin pour les conduire à la gare. Il avait prévu une veste pour l'infirmière, un oubli de son ex, la belle danseuse. Mathieu lutte terriblement contre le sommeil qui le gagne. Aysun est magnifique avec ses yeux noirs et inquiets. Elle ne dit rien depuis au moins une heure. Finalement, elle applique très doucement sa tête contre l'épaule de Mathieu. « Il était très doué pour les études. Mes parents en étaient très fiers. Moi aussi. J'étais très proche de lui, il me racontait tout. Il a fait partie pendant plusieurs années d'une association turque, un groupe de néo-révolutionnaires. J'étais allée avec lui dans une soirée. Je n'avais pas compris grand-chose, si ce n'est qu'ils se livraient à une vraie guerre d'observation avec les Loups Gris de France. Notamment à Varengeville. Ils disaient qu'il fallait sans cesse les surveiller. Certains développaient un ultranationalisme plus que radical et Akhan disait qu'il fallait les combattre. J'essayais de lui dire qu'il ne devait pas prendre de risques avec ces gens-là. Nos parents nous ont toujours montré qu'il fallait travailler pour le bien des siens et ne s'occuper de rien d'autre. Akhan avait tenté de retourner vivre en Turquie. Je ne sais pas trop ce qu'il s'est passé pour lui mais il est revenu au bout d'un an. Il n'était plus le même. Il y a environ deux mois, Akhan m'a parlé de son embauche à G3E. Il m'avait dit qu'il suspectait des trafics avec la Turquie. Il avait vu des camionnettes immatriculées en Turquie repartir juste avant l'embauche du matin. Il avait aussi entendu Ismet évoquer les Loups Gris. Mais pas les louveteaux d'ici, avait-il ajouté. Ceux de chez nous. Il m'avait confié aussi ce que cette horrible femme avait mis en place dans la société. Elle avait fait construire une maison en Turquie pour elle et Ismet. Sans doute le résultat de leurs magouilles. Akhan pensait qu'ils finançaient d'ici certaines affaires là-bas. Il ne savait pas exactement quoi. Akhan, c'était mon petit frère. On s'adorait, on pouvait tout se dire. Il voulait que je me marie. Il disait que l'homme qui se marierait avec moi serait le plus heureux du monde. Il était loin de toutes ces histoires d'honneur. Même si parfois, quand je lui racontais une soirée, un flirt, je sentais bien qu'il se forçait pour ne pas faire le protecteur. C'était quelqu'un de bien Akhan. Il avait plein d'idéaux dans la tête. Il voulait faire de la politique plus tard. Il disait toujours que la seule façon de changer les choses, c'est d'être dedans. J'espère qu'on retrouvera cette sale bonne femme ».

Aysun s'endort. Mathieu n'ose plus bouger.

42

- Hébuterne à l'appareil. Votre week-end a été compliqué je crois mon P'tit Launay ?

- On ne peut vraiment rien vous cacher.

- Bon, j'ai fait marcher le réseau. Nous avons des frangins originaires de Turquie qui voudraient vous rencontrer. Ils sont inquiets pour cette histoire de Loups Gris. Ils ont aussi peut-être quelques informations à vous donner sur des mouvements mafieux. Ils m'en ont un peu parlé. Par contre, les RG n'ont rien de rien. Ils entrent et sortent comme ils veulent ici et tout le monde s'en fout. C'est quand même extraordinaire.

- Ce n'est pas là qu'on attend les coups durs.

- Attendez, la CIA les connaît par cœur. Ils les ont même instrumentalisés il y a quelques années. Maintenant, je peux vous dire qu'ils sont sous surveillance rapprochée. Trop de dérives.

- La CIA ?

- Il fallait bien trouver du monde pour empêcher le communisme d'avancer. En Turquie, la CIA a investi – et lourdement – sur les Loups Gris. Avec tout ce que ça peut supposer comme magouilles. On se voit quand ? Ce soir ?

- Plutôt demain. Le train arrive à vingt heures et il me faut une douche d'au moins une heure.

- C'est peut-être mieux ce soir. Quand je leur ai parlé de Berche, ils m'ont dit qu'ils ne voulaient surtout pas avoir à faire avec la police, même entre… Enfin voilà. Par contre ils ont des choses à dire qui pourront vous aider, je n'en doute pas. Il va maintenant falloir retrouver la grosse et ses Ottomans préférés. Il y a assez de casse comme ça dans cette histoire. Venez au temple, rue Noblot. On y sera vers vingt-et-une heure.

Toussaint attend à la gare. Il veut entendre Aysun tout de suite. Mathieu se sent tout con d'éprouver l'envie de protéger la jeune infirmière encore un peu. Toussaint lui glisse qu'il lui a déjà sauvé la vie et qu'il ferait bien de revenir à son simple rôle d'observateur dans cette affaire. Mathieu hausse les épaules. « Pour retrouver la Duris, maintenant… »

- On met le paquet, je t'assure. Le signalement est national. On a retrouvé l'ambulance calcinée près de Cergy-Pontoise. Ils doivent être à Paris. La mère de Brigitte n'a encore pas tout dit. En fait, elle ne comprend rien à la situation. Elle n'avait pas vu sa fille depuis longtemps. Tu vas retrouver Milie ?

- Cette question ! ?
- Elle vient de m'appeler pour savoir.
- Pas tout de suite. J'ai un rendez-vous, je ne peux pas faire autrement. Et puis je crois qu'elle est perdue.
- Ne lui fais pas trop payer.

Mathieu sert Aysun une minute dans ses bras. Il sait qu'elle va vivre le pire moment de sa vie avec le récit de la découverte du corps de son frère. Il aimerait qu'elle ne le vive pas.

Les rues de Varengeville semblent irréelles. Quand on rentre de voyage, le décor le plus familier est à reconquérir. Le froid est humide. Le temple maçonnique se cache derrière une façade sombre et anonyme, assez proche du quartier de la gare. Mathieu est légèrement en retard. C'est étrange comme lieu de rendez-vous. La porte s'ouvre au premier coup frappé. Un type le fait entrer. Le hall d'accueil est très simple. Juste une équerre et un compas disposés dans une savante combinaison pourraient laisser penser qu'il s'agit d'un temple. Le sol est un vaste damier noir et blanc. Hébuterne est là, entouré de trois gars en costume. L'un d'eux, derrière une épaisse moustache, affiche un aplomb étonnant. Le buste en avant, le menton dressé et les deux bras croisés.

- Ne perdons pas de temps, lance le patriarche. On va s'installer dans la salle humide.

Une statue de Marianne, quelques tableaux, un damier stylisé, la devise républicaine écrite en lettres de pierre au dessus d'une longue table de banquet. Une vitrine remplie d'objets maçonniques, des croix, des tabliers, des pendentifs. Une ambiance de salle de garde, avec l'odeur tenace de repas fréquents et de bonnes bouteilles. Hébuterne est tout propret, tiré à quatre épingles.

- Nous irons voir le temple après, mon P'tit Launay. Mais pour l'heure, je te présente trois amis. Ils vont t'expliquer qu'ils sont très inquiets de la tournure des événements.

- Mais tout d'abord, je voudrais vous mettre en garde, dit le moustachu. Il faudrait que vous compreniez très exactement ce qui se joue. Vous avez évoqué les Loups Gris dans l'un de vos articles. Ne vous trompez pas. N'allez pas désigner ces braves gens comme des terroristes ou des activistes. Ce serait une grave erreur.

- Tout cela est très complexe. Vous êtes ?

- Je suis attaché d'ambassade. Je voudrais vous faire comprendre à quel point ce serait fâcheux d'assimiler les Loups Gris à l'extrême droite. Rien à voir avec votre Front National et vos factions identitaires. Rendez-vous compte que la Turquie a toujours été et reste un pays en guerre. Contre les Kurdes, les Grecs, les Arméniens… Le sentiment patriotique est sans cesse nourri par cette espèce d'état d'urgence, un peu comme l'Etat d'Israël, mais en moins fort. Si vous rajoutez les origines régionales, les distinctions religieuses, les ethnies, les particularismes familiaux…

- J'ai l'impression de lire un article de Wikipédia. Tout cela est très intéressant mais ça ne m'explique pas pourquoi on a retrouvé un employé de la société G3E la gorge tranchée dans une décharge la semaine dernière.

- Ce n'est pas là mon propos.

- Le mien, si.

- Je cherche à vous faire comprendre tout simplement qu'il ne faut pas faire l'amalgame.

- Très bien, mais entre qui et qui ? Vous avez des éléments d'information sur les gens qui ont fait ça ?

- Des Loups Gris, mais pas ceux qui créent des centres culturels dans votre pays pour vivre leur foi et faire vibrer leur patriotisme tranquille.

- Et ce qui m'intéresse, ce sont les autres.

- Nous y sommes. Les autorités italiennes et françaises ont alerté mon gouvernement il y a presque un an sur un trafic important de contrefaçons venant de Turquie. Et plus précisément du sud d'Istanbul. Il s'agissait de sacs à main, de ceintures et d'autres produits imités des grandes marques du luxe français. Nous avons enquêté et mis au jour une véritable industrie parallèle. Ce marché permet de financer l'activité de groupes mafieux et dérivants. Certains individus jouissent également d'une totale impunité pour avoir financé des campagnes électorales entières dans certaines régions. Le renvoi d'ascenseur du pouvoir, c'est tout simplement de fermer les yeux sur les activités plus ou moins légales de ces groupes. Certains politiques très liés à la mafia ont même facilité ces trafics. Nous avons un vrai problème de corruption à tous les niveaux de l'état.

- L'entreprise de Varengeville donne dans la contrefaçon ?

- C'est ce que nous pensons. Elle fabrique des boucles de ceinturons et des fermoirs de sacs à main pour Guerlain, Gucci, Hermès et bien d'autres.

- Elle fabrique à la fois les vrais produits et les faux. Les faux sont envoyés en Turquie.

- Voilà. Les sacs et les ceinturons sont assemblés là-bas puis revendus dans toute l'Europe.

- On peut supposer alors que Brigitte Duris et son contremaître étaient impliqués.

- Nous étions sur le point d'alerter les autorités françaises par voie officielle lorsque l'entreprise a brûlé. Il est probable qu'ils étaient à l'origine du trafic.

- Ils se sont fait construire une maison sur place.

- On leur a construit en guise d'encouragement.

- Et puis ils ont eu peur d'Akhan. Il s'était refusé à la comptable et avait découvert quelques mouvements de marchandises suspects.

Je crois qu'il n'avait pas trop les Loups Gris en sympathie.

- Je peux vous dire qu'Akhan Zorglan était une vraie personnalité en Turquie. Il a fallu qu'il en parte, il était menacé de mort au quotidien. Il avait trop de pression. Il s'est élevé publiquement contre la mafia. Je crois qu'il ne s'était pas rendu compte, depuis la France, à quel point tout se tient là-bas. Je ne suis pas en train de vous dire que mon pays est mafieux, mais on est obligé de constater qu'il y a parfois des protections qui viennent des plus hauts sommets de l'état pour de simples repris de justice, des condamnés de droit commun ou des têtes de réseau importantes de trafics divers. Il y a quelques mois on a retrouvé dans une voiture accidentée un haut responsable politique, un chef de l'armée et un type recherché par la police. Le scandale a été énorme. Les partis de gauche se sont emparés de cette affaire. Celui d'Akhan Zorglan était un des plus virulents. Avec quelques autres, il s'est un jour enchaîné devant le ministère de la justice pour dénoncer tout cela. Ils ont donné une liste de noms à la presse, des gens corrompus selon eux. Vous trouverez des traces sur Internet.

- Là, ils ont commencé à déranger.

- On les a accusés d'être le bras armé des communistes, des révolutionnaires. On les a aussi accusés de trafics. On les a aussi menacés physiquement.

- On ?

- Probablement tous ceux qu'ils dérangeaient. On a même parlé de la CIA, qui reste très impliquée dans l'histoire des Loups Gris.

- Akhan était donc revenu en France pour se faire oublier.

- On dit souvent qu'on n'échappe jamais aux Loups Gris. C'est comme les Corses chez vous. Ils vous retrouvent toujours.

Tout va très vite dans la tête du journaliste. Il pense à Aysun, qui est sans doute loin d'imaginer jusqu'où a pu aller son frère. La voix puissante d'Hébuterne le tire de sa réflexion. « Et il fait quoi le petit journaliste avec ces histoires de mafia ? »

- Son travail, juste son travail, répond Mathieu.

- Je pose surtout la question à mes frères.

L'attaché d'ambassade garde le silence. C'est un autre qui prend la parole. « Moi je suis chef d'entreprise. C'est notre intérêt à tous que les branches pourries tombent d'elles-mêmes, y compris si on les aide un peu. La révélation au grand jour est une solution. Le meurtre de ce jeune Turc a bouleversé l'opinion ici. Enfin, celle de la communauté. Il faut lui donner du sens, en faisant très attention de ne stigmatiser personne, si ce n'est les mafieux eux-mêmes ».

- Il faut protéger Aysun, ses parents et son petit frère. Ils ont maintenant des raisons de lui en vouloir.

- Berche m'a dit qu'elle avait réussi à leur échapper, reprend Hébuterne. Mais ils doivent aujourd'hui être surtout préoccupés par leur propre cavale. Si j'ai bien compris, ils tentent d'échapper à la police avec une femme entre la vie et la mort. Vous feriez bien de prendre vous aussi quelques précautions.

- Que voulez-vous qu'il m'arrive ?

- Berche m'a parlé d'une protection policière. Au moins quelques jours. Je crois qu'elle ne serait pas superflue.

- Je refuse de me sentir menacé.

- Pensez aussi à vos proches mon P'tit Launay. Venez voir le temple, je vais vous servir de guide.

Mathieu coupe court. Il rechigne toujours à adhérer aux états d'urgence. Un SMS fait vibrer son portable. « Je suis nue devant un paquet de Chamonix à l'orange ». Milie.

43

Cette ville est décidément sale de ses crimes. Mais qu'elle est belle quand même. Il arrive parfois à Mathieu d'y développer une sensibilité extrême, de comprendre pourquoi il y a trois rangs de pierre sculptée autour d'une porte ancienne, un œil-de-bœuf, un pot de fleurs disposé dessus. Il sait l'immense désarroi de ce bébé qui crie dans la nuit et qui porte dans son cri des millénaires d'angoisse de toute une espèce. C'est le genre humain qui braille à tue-tête de ne pouvoir entrevoir la cause de sa présence sur terre. Mathieu sait à quel point ce type qu'il vient de croiser n'a pas envie de rentrer ce soir. L'idée toute simple du renoncement n'a plus cours. Il faudrait être heureux, toujours. Il n'y a pas beaucoup de gens heureux. Alors on s'invente des avatars sur le Net pour vivre un peu plus. On se déguise, on s'asphyxie. On se dépêche le matin, pourquoi ?

Mathieu est d'une fatigue extrême. Il y a bien le paquet de Chamonix sur la table du salon. Mais plus Milie. Le téléphone va sonner. Ils l'ont enlevée. Un bruit de chasse d'eau. Milie apparaît dans le couloir. Elle porte un déshabillé vaporeux. « J'ai pris le paquet de gâteaux en otage. J'en aurais mangé un tous les quarts d'heure jusqu'à ce que tu reviennes. Mathieu, tu m'as atrocement manqué. Raconte-moi tout. Je suis en panne dans mon histoire ».

44

Petit sourire de Cindy. Mathieu s'installe sur le fauteuil. Le dentiste arrive. Il fait comme si rien ne s'était passé. Il examine la gencive avec soin. Mathieu s'est brossé les dents mais il imagine avec presque un peu de honte qu'il est en train de montrer une langue noire de café. Cindy trottine et rejoint l'accueil pour répondre au téléphone.

- Je dois bien avouer que je vous ai maudit quelques minutes ! dit le dentiste.

- Je m'en doute. Mais…

- Mais j'ai très vite arrêté. J'ai compris. Brigitte était pour moi une femme remarquable, courageuse, volontaire. Elle était très impliquée dans notre association philosophique. Indispensable. J'ai beaucoup moins d'ancienneté qu'elle. Et je dois vous dire que je la respectais infiniment. Ce qui m'étonne le plus, c'est la difficulté que j'ai eue à me rendre à l'évidence. Nous avons côtoyé un escroc pendant des années Monsieur Launay. Pour le coup, j'ai pris du recul avec le mouvement. C'est une bonne leçon.

- La franc-maçonnerie n'échappe pas aux règles de toute communauté humaine, je suppose.

- Il y a sans doute un peu moins de cons.

Cindy revient avec son pas de geisha. Elle signale la présence d'un visiteur médical. Le médecin s'absente. Petit rire de souris. « Je ne le reconnais plus, c'est un vrai toutou. Il me mange dans la main ».

- Je crois qu'il s'est pris une claque avec cette histoire.

- Et une belle. Il est rentré dans un sale état du commissariat la semaine dernière. J'en ai rajouté une louche. Je lui ai dit que j'arrêtais tout, qu'on était en train de tout mélanger, que je ne l'aimais pas et qu'il avait le droit de me licencier. Il m'a dit que j'avais raison. Il m'a demandé si je voulais vraiment partir. J'ai réfléchi. Je dois vous dire qu'il m'avait fait une crise de jalousie terrible après votre rendez-vous. Une colère terrible. Il a bien vu qu'on s'était parlé. J'ai cru qu'il avait compris pour Brigitte, mais non. Il s'est imaginé que je vous draguais. D'abord je drague qui je veux.

- Trop facile, vos proies sont en condition d'infériorité sur ce fauteuil.

Retour du dentiste. Mathieu se fige. Comme dans un vaudeville, c'est l'assistante qui s'efface.

- Cette petite blague aurait pu me coûter très cher, reprend le dentiste. Elle aurait pu aussi compromettre gravement Berche. Je crois qu'il a compris. Moi, j'ai encore du mal à réaliser que Brigitte... Il m'arrive parfois de me dire qu'il s'agit d'une méprise, qu'elle est seulement otage, qu'elle a été forcée.

- Nous n'avons pas encore le fin mot. Mais je crains que la réalité soit encore pire.

- Mais comment se fait-il qu'on puisse se tromper sur les gens comme j'ai pu le faire ?

- Un vrai sujet d'étonnement.

- Ils vont la retrouver ?

- J'aimerais bien le savoir. Il va falloir un peu de chance.

La cicatrisation est en cours. Le dentiste rajuste sa blouse, remonte ses lunettes et salue Mathieu avant de sortir de la salle de soins. Cindy revient pour débarrasser le patient de sa bavette et le faire cracher dans le minuscule évier.

- Allez voir du côté de la Socotex en région parisienne, dit-elle très doucement et avec un air détaché parfaitement craquant.

- Expliquez-moi !

- C'est pas bien d'écouter aux portes, hein ?

- Votre généreux patron est encore en cheville avec notre Brigitte ?

- Je ne pense pas, mais elle l'a appelé hier en fin d'après-midi. Elle avait masqué sa voix mais j'ai vite compris. Il s'est enfermé dans son bureau pour lui parler. J'ai gardé le numéro sur le standard. J'ai regardé sur un annuaire inversé. C'est une société dans les Hauts-de-Seine.

- Vous croyez qu'il a appelé Berche, la police ?

- Je ne crois pas. Il est revenu dans le cabinet. Il est très nerveux depuis hier soir. Mais peut-être qu'il a prévenu quand même.

- Elle ne manque pas d'air. Il aurait pu être sur écoute !

- Je n'aime pas cette femme.

- Pour tout vous dire moi non plus. Mais je suis fasciné par la fascination qu'elle exerce sur les gens.

- Donc elle vous fascine aussi. Je peux vous envoyez par SMS le numéro de la Socotex. Je n'ai pas le vôtre.

Mathieu sort une carte. Il a déjà enfilé son blouson. Il n'a sans doute jamais vu un rouge aussi intense que celui des lèvres de Cindy. « Je crois bien que vous me fascinez, vous aussi ! »

Toussaint ne répond pas. Pas plus que Berche. Il laisse un message au premier. Comment est-il possible que le dentiste continue à la protéger ?

Baldelli et Pierrot sont attablés à la Paix. Chacun lit un journal. Ils ont l'air d'une humeur de vieux bidet. La jeune serveuse a disparu. Pierrot parvient à sourire. Le patron lui a dit qu'elle avait giflé un client. Baldelli sourit à son tour. Puis il jette le journal devant lui. « Les voilà qui expulsent des Roms par charters entiers. Mais pourquoi il n'y a personne dans la rue avec des banderoles, là, en ce moment. Bordel ! On n'est pas très loin de l'état fasciste ».

Pierrot baisse à son tour son journal. « Tant que les gens peuvent allumer la télé et fumer un joint de temps en temps, tu peux te la garder ta révolution, tu la feras tout seul ».

- Peut-être, mais je la ferai.

Il se tourne vers Mathieu.

- Comment va Milie ?

- Je ne sais pas trop bien où elle en est. Je suis même certain qu'elle ne sait pas elle-même. Je préfère ne pas trop lui poser de questions. Et ta serveuse ?

- Oh ça va…

- Une fille explosive.

Toussaint pousse la porte du bar. « Mathieu tu n'imagines même pas la pression qu'on a au commissariat. Le ministère a menacé de nous retirer l'enquête, ce qui nous arrangerait au plus haut point. Ils la prennent au sérieux, la Brigitte. Berche est aux abois. Il m'a l'air tout retourné en ce moment ». Toussaint salue Pierrot et Baldelli. Il pose sa main sur l'épaule du second. « Mes condoléances pour ta voiture ». Un trait barre subitement le front de l'enseignant. Il commençait à ne plus y penser toutes les quatre secondes. Le voici revenu à son deuil.

Toussaint regarde sa montre et sursaute. « Merde, même pas le temps de boire un jus. J'ai une perquis' dans dix minutes. Tu m'as appelé tout à l'heure Mathieu ? Passe au commissariat vers midi. Il y aura une bonne affaire. Si on trouve ce qu'on cherche ! »

Toussaint file. Pierrot glisse : « Et tu as du boulot pour revenir en grâce auprès de Gormeau, le chef t'a maudit presque un quart d'heure en réunion hier matin ».

- Qu'il aille donc se faire téter les yeux par les ours polaires.

- Yelda m'a dit hier soir qu'on ne la retrouverait pas si ce sont les Turcs qui la cachent.

- Ah. Yelda est Turque.

- Justement.

- C'est encourageant.

- Elle va bien ?

- On s'est remis ensemble.

L'engueulade est effectivement magistrale au bureau. Un cul de bonobo victime d'un chirurgien esthétique véreux remplace maintenant le visage de Gormeau. Mathieu répond qu'il devrait passer pour un héros aux yeux de son chef préféré, que Gormeau devrait avoir un Launay sculpté dans son salon, un Launay en peluche sur son lit. Oui, il se moque de lui, ouvertement et avec jovialité.

- On en reparlera ! hurle Gormeau lorsque Mathieu franchit la porte du bureau. Yvette attend quelques secondes pour éclater de rire. « Tu parles, le red-chef a appelé il y a dix minutes pour dire qu'il voulait encore plein de papiers sur Brigitte et qu'il ne fallait pas lâcher. Gormeau va encore manger son chapeau ! »

Dans sa messagerie, Mathieu manque d'effacer un vrai courrier au milieu d'une innombrable liste de mail l'incitant à utiliser une méthode révolutionnaire pour élargir son pénis, à rencontrer d'authentiques jeunes Russes déjà complètement amoureuses de lui ou de jouer à ce casino en ligne qui perd de l'argent tous les jours tellement il en distribue à ses joueurs.

« Monsieur. Ce mail pour vous expliquer que j'ai moi aussi croisé Brigitte Duris pour mon plus grand malheur. J'ai été prévenu par un ami qu'elle était recherchée par la police. Nous avons trouvé vos articles sur le Net. Je suis artisan à Brest. Elle travaillait dans une société-comptable et gérait mes comptes. Elle m'a entièrement ruiné. Vous pouvez m'appeler en soirée, entre dix-huit heures et dix-neuf heures trente ».

Un SMS de Cindy. Elle donne le numéro de la Socotex. Elle ajoute : « Maintenant, vous avez aussi mon numéro ».

Toussaint est débordé. La perquisition a été plus que satisfaisante. Une vieille histoire de recel. L'équipe des châteaux qui écumait les campagnes du secteur avait fini par tomber il y a quelques mois. Manquait juste leur fourgue, que pas un seul des trois types n'avait balancé. Un tuyau anodin. Un client mal luné d'un brocanteur du secteur. Il avait repéré un tableau qu'il lui semblait avoir déjà vu. Le renseignement plutôt vague au départ a donné lieu au bouclage d'une des plus belles affaires de Toussaint. Le brocanteur avait une seconde salle qu'il ouvrait spécialement à certains clients, aux Américains qui n'hésitaient pas à faire le déplacement pour le compte de grands décorateurs. Ils repartaient avec des conteneurs entiers et n'étaient pas très sourcilleux sur la provenance des objets. Il y avait aussi les Allemands prêts à dépenser des fortunes, les Hollandais, collectionneurs dans l'âme. Jusque-là, le système était très bien rodé jusqu'au jour où le brocanteur s'est agacé contre un client qui n'achetait rien et posait trop de questions. Il avait juste oublié de ranger le tableau dans l'autre pièce dissimulée. Celle-ci contenait tout ce que pouvaient compter les châteaux cambriolés comme raretés, tableaux de petits maîtres et meubles signés. Il fallait maintenant dépêcher deux camions sur place, ramener le butin au commissariat, établir une liste des victimes potentielles et organiser des visites.

- Tu as du nouveau sur Duris ? finit par questionner Toussaint.

- Peut-être. On m'a donné l'adresse d'une société en région parisienne. Elle conditionne et emballe des poulets halal. Elle est tenue par des Turcs. Duris a appelé hier soir du siège de la société.

- Elle a appelé qui ?

- Mon dentiste.

- Il est encore dans le coup celui-là ?

- Je ne sais pas exactement. Je peux seulement te dire que la société Socotex est tenue par le frère d'Ismet, je suis allé sur le registre du commerce. Il fait du négoce de poulets halal entre la France et la Turquie. Et apparemment ça marche plutôt bien pour lui. Trente deux salariés, quinze camions. La mère Duris va se déguiser en gros poulet, je le crains.

- Pour passer en Turquie… Je vais en parler à Berche. On va alerter le juge. C'est peut-être déjà trop tard.
- Hier soir non. Je te rappelle qu'elle est dans un état physique épouvantable.
- Bon je te tiens au courant. Je dois d'abord solder cette histoire de recel. Il me faut vingt-quatre heures.

Aysun est maintenant cachée chez des cousins. Elle a pris quelques jours de congé pour se reposer et s'occuper des affaires de son frère. Il a fallu vider le petit appartement. Un crève-cœur. Elle attend les HLM pour la remise des clefs. Mathieu est venu la rejoindre dans la ZUS, la zone urbaine sensible de Varengeville.
- J'ai découvert un carnet de notes, des photos. Akhan s'était visiblement intéressé de très près au manège d'Ismet et de Brigitte. Il a relevé des immatriculations des camionnettes qui venaient s'approvisionner au milieu de la nuit à l'usine. Il a écrit Socotex – poulets Halal. Il dit aussi qu'il y a des caches aménagées dans les camions.
- Je commence à mieux comprendre. Akhan était en train de les démasquer. Ils ne pouvaient pas l'avoir tué pour une simple histoire de fesses. Il faudrait aller sur place.
- Je vais monter à Paris cet après-midi. Je dois aller voir ma famille. J'ai promis. Si vous voulez, je vous emmène.
- Mais on ne va quand même pas les débusquer nous-mêmes, ils sont dangereux, vous le savez mieux que moi. Ils vous ont enlevée, ils ont tué votre frère, ils ont failli vous écraser, et moi avec.
- De mon côté, je n'ai plus grand chose à perdre. Et je sens que la police serait plutôt soulagée qu'elle parvienne à quitter la France. Ils n'auraient plus à s'en occuper. Moi j'y vais.

- C'est suicidaire. Vous comptez faire quoi au juste ? Maîtriser des types armés, qui eux, vraiment, n'ont plus rien à perdre. Les flics sont au courant, ils ont l'adresse. Le juge d'instruction sera alerté dans les prochaines heures.

Aysun retient son souffle un instant. Elle fronce les sourcils et prend un air dur. Une louve blessée. « J'y vais ».

- Je ne peux pas vous laisser partir seule.

- Je passe vous prendre dans deux heures au journal.

Quel con. Mathieu veut jouer les chevaliers servants, il prend ses grands airs de prince bleu du désert qui volerait au secours des opprimés. Et comment va-t-il annoncer ça à Milie ? Et Gormeau ? Il appelle son rédacteur en chef et trouve le moyen de lui vendre son escapade en quelques phrases. Une enquête sur la planque de la comptable, peut-être bien son arrestation en direct. Il est preneur. Milie ne l'est pas. Mathieu oublie de lui préciser qu'il accompagne Aysun. Même par omission, il n'aime pas mentir. Milie a compris. Baldelli appelle au moment où Mathieu raccroche. Il vient de se racheter une superbe voiture d'occasion qui quittera le garage à la seule condition que Mathieu s'en trouve éloigné d'au moins cinq kilomètres.

45

La voix est lente, placée, étudiée. La voix d'un type qui garde son gilet de détresse sur le siège conducteur. Mathieu a mis le haut-parleur sur son portable. Aysun écoute aussi. « Je vous ai contacté pour vous raconter ce qui m'est arrivé. Je suis artisan ébéniste. J'avais une belle affaire à Brest. Trois employés, des marchés publics et beaucoup de particuliers. Je sais travailler. J'étais marié, avec trois enfants. J'avais une société comptable qui gérait mes affaires. Un jour, ils ont employé Brigitte Duris. Elle s'est occupée de la boîte. On a tout de suite accroché. Elle était adorable, elle m'appelait souvent pour un petit conseil, un tuyau. Elle m'annonçait de nouvelles dispositions fiscales. J'ai même pu optimiser la trésorerie assez vite avec elle. Pour la remercier, je l'ai invitée au restaurant un jour. Alors que je ne m'amuse jamais à ça, je me suis retrouvé en train de flirter. Elle était adorable. Je dois vous dire aussi que j'ai un faible pour les femmes fortes. Très vite, nous avons eu une relation. On se voyait tous les jours ou presque. Elle me proposait des placements, de plus en plus fréquents. Elle disait connaître des combines qui lui venaient des banquiers qu'elle côtoyait. Je suis devenu dingue d'elle. On s'appelait toute la journée. Elle m'expliquait qu'elle avait trouvé un vrai filon, un placement à quatorze pour cent et qu'il était urgent d'en profiter. Elle m'a fait sortir une bonne partie des liquidités de la société. Elle m'a fait faire un emprunt, puis plusieurs autres pour investir. Pour moi, tout allait bien. J'étais en train de changer de vie. Je pensais sérieusement à quitter ma femme. Il faut dire que ce n'était pas très drôle à l'époque avec elle. Une sale période. On se voyait de plus en plus avec Brigitte. Elle était drôle, câline, très entreprenante… Enfin vous voyez bien. Ma femme a fini par comprendre. C'était inévitable. Elle a voulu immédiatement divorcer. J'adore mes gosses et j'aimais ma vie de famille, mais je dois vous dire que j'étais sur un nuage, je ne me rendais pas compte. Ma femme est partie avec les enfants. Moi je ne pensais qu'à retrouver Brigitte. La procédure a duré moins de trois mois. Je n'en ai aucun souvenir ou presque. Ma vie était toute tracée, j'ai tout accepté, j'ai pris toute la faute, le divorce a été prononcé pour torts exclusifs. Deux mois après, j'ai reçu un appel du banquier de la société qui m'enjoignait de trouver une solution pour le déficit de quatre cent mille euros sur le compte. Je lui ai assuré que les comptes étaient entre de bonnes mains. J'ai aussitôt appelé Brigitte qui a prétexté un départ urgent dans sa famille. Son père était gravement malade et il fallait qu'elle parte s'en occuper. Pendant plusieurs jours, elle raccrochait le téléphone quand je l'appelais. J'ai fini par aller la trouver. Je n'étais pas encore inquiet pour les comptes. Je voulais la voir pour lui proposer qu'on s'installe ensemble, pour l'aider à mon tour dans cette mauvaise passe qu'elle traversait. Je suis allé à la société comptable. On m'a dit qu'elle avait démissionné deux jours avant. Personne n'était capable de dire où elle était. Et là, j'ai compris. Il a fallu liquider ma société. J'ai retrouvé un emploi qui me sert seulement à rembourser mes dettes. Je ne vois plus beaucoup mes enfants. Ma femme n'a rien voulu savoir. Aujourd'hui je vis seul. La plainte que j'ai déposée n'a servi à rien. Je me suis davantage fait prendre pour un con par la police que pour une vraie victime. Voilà, vous savez tout ».

- C'est incroyable. Voilà trois fois qu'on me raconte une vie qui bascule à cause de Brigitte Duris.

- Il n'y a aucune raison qu'elle n'ait pas recommencé. Je me suis renseigné, les faits ne sont pas encore prescrits. Je vais écrire au procureur pour relancer ma plainte.

-Je pense qu'à la lumière des autres affaires, la vôtre sera maintenant crédible. Vous avez refait votre vie ?

- Pas vraiment. A 53 ans, à moitié alcoolique et couvert de dettes, on ne fait plus rêver personne.

- Bon. Il faudrait presque faire une association de victimes de Brigitte Duris. Je suis en train de reconstituer son parcours depuis au moins dix ans. Tous les gens qu'elle croise tombent comme des mouches. C'est une tarentule. Son étreinte est mortelle ou paralysante à vie. C'est bien ce qui vous est arrivé aussi.

- Moi je me suis fait avoir par bêtise. Je n'ai rien vu venir. Et pourtant il y avait de quoi s'alarmer. J'étais comme anesthésié, médusé. Elle me tenait. Moi qui suis un manuel, un terrien, un type qui ne bricole pas trop avec les sentiments, on ne m'avait jamais apporté autant de tendresse, de joie, de plaisir. On est entre hommes, je dois vous dire que c'est un sacré coup au lit. Elle est insatiable, elle accepte tout ».

Aysun lève les yeux au ciel. Mathieu pince les lèvres en la regardant. L'homme toussote et se reprend un peu. « Bon, pouvez-vous me tenir au courant Monsieur Launay ? Je vais cette fois prendre un avocat et on va faire les choses sérieusement ».

- Je vous rappelle, promis.

Un temps de silence dans la voiture. C'est Mathieu qui conduit. La jeune femme paraît atterrée. « C'est donc si simple ? Il suffit juste de s'occuper des couilles des mecs pour en faire ce qu'on en veut. Si Akhan m'entendait… » Aysun tourne la tête vers le paysage infini de la Champagne. Encore une heure de route.

Mathieu pense à la « stratégie du coin ». Un morceau de fer en angle solide. Il suffit de trouver une faille, même infime, dans un rondin de bois pour le faire éclater d'un simple coup de masse. La technique est imparable. Un minuscule outil, utilisé avec expérience, peut faire sauter n'importe quel système de protection, aussi colossal soit-il. Le coin qu'utilise Brigitte Duris, c'est l'affect, les sentiments. Elle comble d'une façon invasive, patiente et jubilatoire les manques affectifs de ses victimes. Un simple coup de masse…

46

- Tu as la parole mon frère.

- Merci. Vénérable maître, et vous tous mes frères en vos grades et qualités, je voudrais attirer votre attention sur les agissements d'une de nos sœurs, Brigitte Duris, bien connue de notre atelier pour ses fréquentes visites. Vous avez lu comme moi dans la presse qu'elle est suspectée d'être à l'origine de l'incendie de son entreprise. J'ai tout lieu de croire qu'elle l'est. Mes discussions avec un petit journaliste en qui je place toute ma confiance m'autorisent à penser qu'elle a multiplié les escroqueries à chaque étape de son parcours dans toute la France. Mes frères, j'en appelle à votre conscience. Nous devons appeler aujourd'hui à ne plus la reconnaître comme digne de porter son cordon. A titre personnel, je ne la considère déjà plus comme une sœur. Elle porte une atteinte grave aux valeurs que nous défendons. Nous devons aussi tout mettre en œuvre pour que la vérité sur ses agissements éclate au grand jour. Nous formons un temple, mes frères. Il a besoin de pierres solides. Si l'une d'elles s'effrite, c'est tout l'édifice qui s'effondre. Notre bel édifice. J'ai dit.

Jacques Hébuterne se rassied. Il croise de regard de son frère dentiste qui baisse les yeux. Le vénérable maître passe à un autre sujet.

47

Aysun sort un GPS de son sac à main. Elle a rentré l'adresse de la Socotex. La voix féminine artificielle les conduit jusqu'à une piteuse zone industrielle. Il est déjà tard, près de 21 h. La rue serpente entre les bâtiments de tôle, les dépôts de matériaux, les carcasses de gigantesques machines rouillées. L'éclairage est inégal. Les candélabres sont rares. Un transporteur et ses camions alignés. Et puis une impasse. Elle distribue sur deux ou trois entreprises. Tout au fond, un panneau désigne les bureaux de la Socotex.

- Pourquoi faudrait-il que tout ait une cause ? dit Aysun. Pourquoi toujours vouloir donner du sens ? Pourquoi passons- nous des vies entières à chercher des explications sur tout ? Pourquoi est-ce que nous ne sommes pas capables d'accepter les choses telles qu'elles sont ?

À ce moment précis, Mathieu ne trouve rien à répondre à la jeune infirmière. Elle n'a pas été très bavarde pendant tout le voyage. Elle a sans doute beaucoup réfléchi. Elle n'a décidément rien à voir avec l'image qu'elle donne d'une femme gracile et affairée.

Mathieu fait demi-tour pour garer la voiture dans un coin d'ombre, un peu plus loin. Il n'y a pas de lumière à travers les fenêtres des bureaux. Un simple lampadaire éclaire vaguement la cour de l'entreprise. Deux camionnettes sont garées devant ce qui semble être l'entrée des véhicules. Il fait très froid. Aysun sort de la voiture et fait attention de ne pas claquer la portière. Elle coupe machinalement son portable. Mathieu fait pareil, en essayant de ne surtout pas l'imiter. Ils écoutent d'abord. Ils devraient normalement entendre un chien qui aboie au loin, un ronronnement de moteur, mais c'est un silence écrasant qui s'impose. Ils se décident à progresser vers l'entrepôt. Il est évidemment fermé et pas un bruit ne s'en échappe. Mathieu a l'idée de faire le tour du bâtiment pour parvenir jusqu'au bureau sans être à découvert. L'arrière du hangar est plongé dans le noir le plus épais. Aysun sort son portable et se guide à la faible lueur. Elle avance prudemment. Mathieu suit derrière en se retournant souvent. A l'approche des bureaux, toujours aucun signe de présence. Les volets roulants sont bien déroulés. Tout à coup, la porte principale s'ouvre, côté route. Une longue plainte métallique. Mathieu et Aysun longent l'aile administrative en sautillant sur les graviers. Ils s'arrêtent au coin du bâtiment pour rester dans l'ombre. Mathieu risque un œil. Il aperçoit une silhouette monter dans une camionnette. Une autre, massive, s'approche difficilement du côté passager. Brigitte Duris. Le conducteur démarre pour laisser tourner le moteur et redescend. « On fait quoi ? » chuchote Mathieu. « On ne peut pas intervenir », répond Aysun. « Il est possible qu'ils soient armés. Il faut appeler la police ».

Le conducteur referme la porte dans la même plainte, reprend sa place et démarre doucement. « Il faut les suivre », s'empresse Aysun. « Je prends le volant, tu appelles ton copain flic ».

Mathieu a très envie de répondre que Toussaint ne pourra rien faire depuis Varengeville et qu'il est d'accord pour le tutoiement. La jeune femme est si directive qu'il s'empare aussitôt de son téléphone. La camionnette s'éloigne, descend l'impasse. Mathieu et Aysun se précipitent vers leur voiture. Deux sonneries seulement avant d'entendre la voix fatiguée de Toussaint.

- Mathieu je t'ai assez vu aujourd'hui, je n'ai pas trop envie de t'entendre.

- Écoute-moi bien. Je viens de voir la mère Duris. Elle est montée dans une camionnette, avec un homme, sans doute Ismet.

- Tu es où là ?

- Devant la Socotex.

- A Paris ?

- Pas loin. On les prend en chasse. Il faut les arrêter. Est-ce que tu peux déclencher un barrage ?

- Mais je viens de rentrer à la maison. Je suis mort… C'est pas possible. Tu es vraiment inconscient ! Ça ne t'a pas suffi ! Ma parole tu cherches les emmerdes.

- La leçon de morale, tu la gardes pour après. Je t'expliquerai. Je suis avec Aysun, la sœur d'Akhan. On est en train d'essayer de les rattraper. Ils ont quitté les lieux sous nos yeux.

- Bon. Essaye de les filer mais garde tes distances. Où êtes-vous exactement ?

- Dans les Hauts-de-Seine, à Colombe, on quitte la zone industrielle. C'est immense.

- Surtout, tu laisses ton portable allumé. Je te rappelle. Ils savent que vous les suivez ?

- Non, je ne crois pas, ils roulent assez doucement.

- Ne les perdez pas mais sans prendre de risque. A tout de suite.

Aysun conduit avec une précision étonnante.

- Il aurait fallu boucler la zone industrielle, dit-elle, s'ils rejoignent l'autoroute, il y a des chances qu'ils nous échappent.

- Pas avec une camionnette de poulets.

- J'ai l'impression qu'elles sont bourrées de vitamines leurs camionnettes.

Le téléphone de Mathieu sonne. C'est Berche.

- Launay, vous êtes encore en train de faire une connerie. Bon, dès que vous êtes sur un axe identifié, vous m'appelez. Je viens de prévenir la gendarmerie. Ils sont prêts à déclencher un barrage. Mais il leur faut une direction. Ça se précise ou pas ?

- Pour l'instant, on tourne dans un immense lotissement. On ne les perd pas de vue. Je vous tiens au courant.

Mathieu raccroche. Il regarde Aysun.

- Qui es-tu exactement ?

- Peut-être pas celle que j'ai l'air d'être.

- C'est justement pour ça que je te pose la question.

- Bon. J'ai moi aussi milité dans un parti révolutionnaire en

Turquie. Avec mon frère. Nous étions dans un groupe d'action. J'ai reçu une formation… on va dire opérationnelle.

- Je me disais aussi.

- C'est dingue comme personne ne sait ce qui se passe vraiment en Turquie. Je t'expliquerai. En attendant, ils sont en train de nous balader. Je ne comprends pas. Il n'y a plus qu'un homme avec Brigitte. Ismet ne m'intéresse pas. C'est l'autre. C'est un mafieux, complètement exalté par ses trafics. Il masque tout ça par un combat idéologique. Il dit qu'il finance à lui seul une branche dure des patriotes. C'est lui qui a tué Akhan.

- Et toi, tu es exaltée ?

- Non, juste en deuil de mon frère.

La camionnette arrive jusqu'à un rond point. Elle s'engage dans une petite rue. Aysun fait le tour complet du rond-point et s'engage à son tour dans la rue. La camionnette est garée un peu plus loin, sur le trottoir devant une vaste maison. Mathieu appelle immédiatement Berche. « Le véhicule Socotex s'est garé. Nous sommes toujours à Colombe, rue d'Alsace ».

Berche raccroche. Il fait envoyer une patrouille immédiatement. Une silhouette s'approche de la camionnette. Le conducteur en descend. Il fait le tour pour aider Brigitte Duris à s'extraire de l'habitacle. L'inconnu s'éloigne. Quelques secondes après, une grosse berline sort du garage de la maison et vient se garer devant la camionnette. Mathieu n'en est pas sûr, mais il lui semble reconnaître la silhouette apprêtée de Rodolphe Basinger, le PDG de la G3E.

Une ou deux minutes se passent sans que rien ne bouge. Et puis le conducteur de la camionnette reprend le volant. Il allume les phares et commence à reculer. Vite, de plus en plus vite. Le bruit de la marche arrière s'amplifie comme une sirène d'alarme. Le fourgon se dirige maintenant droit sur la voiture d'Aysun.

L'arrière se rapproche à une vitesse folle.

Le choc est d'une violence infinie.

Mathieu reprend ses esprits. Une épaisse fumée sort du capot. Aysun est à demi-inconsciente. Elle remue la tête avec une grimace de douleur. La portière passager est coincée, il faut la forcer. Une fois dehors, Mathieu a le temps d'apercevoir la berline allemande disparaître au bout de la rue. Il entend le puissant moteur s'éloigner. C'est mort.

Aysun reprend elle aussi ses esprits.

- Il faut appeler les secours, dit-elle, j'ai les cervicales touchées. La jambe aussi, je crois.

Mathieu appelle aussitôt les pompiers. Il enchaîne avec Berche. Une voiture de police arrive aussitôt à leur niveau. « Une Mercedes grise ! Elle vient de quitter la rue ! » La patrouille redémarre, emportant son halo bleu tourbillonnant sur les façades jusqu'au bout de la rue. Le silence revient. Mathieu s'approche d'Aysun. « Finalement ce n'est pas bien grave. Une entorse des cervicales et peut-être aussi de la cheville. Ça va toi ? » Mathieu ne peut pas répondre. Il aperçoit la jambe gauche d'Aysun réduite à un amas de chairs entrelacées aux morceaux de tôle qui ont envahit l'habitacle. « Aysun. C'est plus sérieux pour ta jambe. Reste tranquille. Les pompiers vont arriver ».

- Qu'est-ce que tu vois ?
- Plusieurs fractures sans doute.
- Ouvertes ?
- Oui.

Aysun ferme les yeux. Elle ne peut plus bouger la tête. « Ils sont prêts à tout. Je n'ai pas pu l'éviter. Il aurait fallu que je démarre. Je suis désolée ». Mathieu lui prend la main. Une sirène d'ambulance est en train d'approcher. Elle est bien lointaine.

- Qu'est ce que tu comptais faire exactement en revenant les chercher ?

- Ce que j'aurais dû faire lorsqu'ils m'ont kidnappée. Mais ils m'avaient menottée. Le seul moment où j'ai eu les mains libres, c'est quand je me suis échappée ».

- Donc ?

- J'aurais du les livrer à la police. Ou les tuer. Peux-tu prendre mon arme dans la poche de mon blouson ?

- Une arme ?

- S'il te plaît ?

Mathieu défait la fermeture éclair. Il plonge sa main le plus pudiquement possible en regardant ailleurs, même si la scène ne se prête guère à toute allusion crapoteuse. Il finit par trouver un P38.

- Tu peux le garder sur toi. La police ne te fouillera pas. Je commence à avoir très mal.

- Les pompiers arrivent. Accroche-toi.

Un VSAB d'abord. Trois jeunes pompiers en descendent. Ils s'approchent. L'un d'eux court vers la victime, un autre vers Mathieu. Les riverains commencent là encore à sortir. Décidément Mathieu se spécialise dans l'animation des zones pavillonnaires. Un pompier lance un appel sur son talkie-walkie. Il est amplifié par la radio de l'ambulance. « Une victime incarcérée, Demandons renfort SAMU et VSR ». Le pompier ajoute avec un regard vers Mathieu. « Demandons police sur les lieux ». Il avait gardé l'arme à la main. Il l'escamote vite dans son propre blouson.

Une autre patrouille de police arrive avec force bruits de moteur. Immédiatement deux hommes s'approchent de Mathieu et lui demandent de les suivre à l'écart. La jeune femme qui les accompagne commence les constatations d'accident. Les flics ont des consignes qui viennent d'en haut, disent-ils. Ils doivent ramener Mathieu au commissariat après l'hôpital. Le commandant Toussaint viendra l'entendre. La fliquette s'approche à son tour. D'une voix douce elle explique à Mathieu qu'il va être conduit aux urgences pour contrôle, que son amie est grièvement blessée. Il sait. Il n'a plus qu'à se laisser faire.

Il a fallu plus d'une heure pour désincarcérer Aysun de la voiture accidentée. Mathieu a tenu à rester auprès d'elle le plus longtemps possible jusqu'à ce que les pompiers lui fassent comprendre qu'ils ne pouvaient mobiliser plus longtemps l'ambulance qui l'attendait pour sa visite à l'hôpital. La jeune femme est tombée dans le coma très rapidement. Elle a été transférée aussitôt à l'hôpital. Elle devrait être opérée dans les heures qui viennent. Un médecin était très réservé devant Toussaint sur le fait qu'elle puisse à nouveau marcher sur ses deux jambes.

48

Milie est morte d'inquiétude. Elle a mis tout ce temps à appeler puisqu'elle n'est plus très sûre. Elle a fabriqué un grigri qu'elle n'ouvrira jamais. Elle veut revoir Mathieu au plus vite. Elle ne veut pas savoir pourquoi il était avec Aysun dans sa voiture à Paris. Elle dit juste qu'elle était sûre que le PDG était de la partie. Cette fois, elle n'a pas dit « je t'aime ». Seulement « je t'attends ». Mathieu pense que c'est pareil. Et puis tout à coup il n'en est pas très sûr non plus.

Toussaint est venu chercher Mathieu à l'hôpital. Il va l'entendre au commissariat de Colombe. La berline n'a pas été retrouvée. Il a interpellé Basinger qui jure ses grands dieux qu'il n'a rien à voir dans tout ça et qu'ils l'ont menacé pour prendre sa voiture.

- Il n'avait pas l'air menacé du tout, raconte Mathieu. Il est allé chercher la voiture. Je l'ai vu donner les clefs tranquillement.

- Il dit qu'ils l'ont menacé de brûler toutes les autres usines. Je lui ai conseillé de réfléchir. Je n'aurai pas trop de mal à convaincre le proc d'une petite garde à vue. S'il continue à nier, je lui ferai comprendre qu'on peut le charger pour fraude, escroquerie au fisc, contrefaçon, complicité d'enlèvement et peut-être de meurtre.

- Je ne peux pas m'imaginer qu'une production en parallèle s'exerçait dans sa boîte sans qu'il soit au courant.

- On va très vite le savoir. Il m'a fait son numéro de victime totale. Il faut quand même que je te dise, voilà deux fois que tu te retrouves aux urgences dans cette histoire. Il me semble que tu as assez donné. C'est stupide de prendre des risques. Aysun est dans un triste état. Je sais, tu vas faire le chevalier servant : je n'allais quand même pas la laisser partir toute seule… Berche t'aime bien, mais là, il gueule comme un veau de lait que tu vas finir par nous la faire louper, la Duris.

- Euh… Il a fallu le violer pour qu'il arrête de la protéger sa Brigitte !

- Là, je n'ai pas tout compris. Il était méconnaissable notre Berche. Tu crois qu'elle a réussi à l'embobiner lui aussi ? Une petite sucette ?

- Je trouverais ça drôle si Akhan était encore vivant et si sa sœur n'était pas en vrac sur une table d'opération. J'ai aussi croisé des gens totalement anéantis par cette bonne femme. C'est une manipulatrice perverse de la plus belle espèce. Je leur ai conseillé de la charger un maximum en justice.

Le téléphone de Toussaint. Il décroche très vite.

- Commissaire ?... Retrouvée ? A Varengeville !!! la comptable ?

Toussaint raccroche, se frotte les yeux. La berline a été retrouvée incendiée à Varengeville. Aucune trace de la comptable et de son mafieux psychopathe. Pourquoi ce retour à Varengeville ?

- Berche me demande de rentrer sur le champ. Il fait boucler la ville. Cette fois on la coince. On repasse par l'entreprise où vous les avez débusqués et on file.

Un flic en costume entre dans la pièce des auditions. Un morceau de couloir transformé en bureau. « Je viens d'avoir Berche », dit-il. « Je suis le commissaire Varin. Vous n'allez pas repartir en me laissant tout ce merdier sur les bras. J'en fais quoi, moi, de votre PDG ? De l'infirmière ? »

- Je pense qu'il faut garder le PDG. Il faut l'entendre à nouveau.

- Je veux bien mais le procureur a déjà donné son accord pour le relâcher. Il était simple témoin.

- Un simple témoin qui donne sa voiture à un couple en cavale ?

Un fonctionnaire s'approche. « Commissaire ? On nous signale un cadavre dans la zone industrielle. Il avait ses papiers. Un certain Ismet Roglur de Varengeville ».

49

Le corps d'Ismet a été jeté précipitamment derrière un talus, au fond d'une petite impasse. Il a deux impacts de balles dans le torse. L'un au niveau du cœur. L'autre dans la région du foie. Mortels tous les deux. Des flics s'affairent autour. Un médecin est venu constater le décès. Mathieu reste à distance. Toussaint s'approche de ses collègues qui ont déjà figé la scène. Il appelle Berche pour lui donner les éléments. Il revient vers le journaliste.

- J'en ai ras le bol de cette affaire. Depuis le début on ne fait que compter les coups, ramasser les morts. Pas moyen de monter un truc pour la choper. Si tu savais ce que c'est agaçant.

- Il va falloir expliquer tout ça à la famille d'Ismet maintenant. Il avait deux enfants.

- Berche est dingue. Il me dit que le juge est au bord des insultes.

- A propos de famille. On n'est pas très loin de la Socotex. On est venus tout près d'ici hier soir avec Aysun. L'entreprise appartient au frère d'Ismet. Et c'est lui qui transportait les boucles de ceinturons en Turquie au milieu des poulets.

Le commissaire Varin, du SRPJ des Hauts-de-Seine arrive sur les lieux. Il déclenche une perquisition à la Socotex. Il demande à Toussaint de maintenir éloigné le journaliste. Mathieu doit rester dans le véhicule un peu plus loin. Une équipe du RAID arrive en urgence. Il y a maintenant beaucoup de monde autour du hangar qui paraît beaucoup plus petit avec la lumière du jour. Les volets sont restés fermés. La police crochète la grande porte. A l'intérieur, un autre cadavre. Celui du patron. Le frère d'Ismet. Une balle dans la tête. Le projectile est ressorti de la boîte crânienne qui est entièrement pulvérisée à l'arrière. Seule l'expression du visage est étrangement préservée. Mélange de stupeur et de résignation. Il gît dans son sang au pied des grandes chambres froides restées ouvertes. Des milliers de poulets sont en train de décongeler.

Dans les bureaux, la police retrouve les traces d'un séjour improvisé. C'est bien là que s'est cachée la comptable. Elle a essayé de soigner ses brûlures, elle a mangé un peu.

Mathieu, resté à l'extérieur, attend le retour de Toussaint. Un homme s'approche. Il lui propose une cigarette. Mathieu ne fume plus depuis presque deux ans mais il accepte machinalement. Il aspire la première bouffée avec volupté. Comme c'est bon. « Je travaille ici », dit le type. « Il y a quatre jours, le patron nous a tous mis en vacances. Il nous a dit qu'on fermait une semaine. Je me doutais bien qu'il y avait un truc. Vous êtes flic ? »

- Non.

- Ils font quoi les flics, là ?

- Ils viennent de découvrir un mort. Le patron.

Le type tire longuement sur sa cigarette. Mathieu, lui, est gagné par quelques sueurs froides et un vieux spasme dans le ventre. La première cigarette, le manque de sommeil. Il se rend compte qu'il a très faim aussi. Il n'a pas mangé depuis la veille.

- ...Mehmet. A force de fricoter. Plus qu'à s'inscrire au chômage, dit le type en s'éloignant.

- Vous devriez aller voir les flics. Ils auront besoin de témoignages. Ils vont questionner tout le monde.

- Ouais. De toute façon la boîte va fermer. C'est Mehmet qui la faisait tourner. Il avait trouvé une combine. Depuis six mois, on livrait tous les jours en Turquie. Il ne voulait pas qu'on ouvre nous-mêmes les véhicules. Il disait qu'il fallait respecter la chaîne du froid. Je sais bien que je n'ai pas emmené que des poulets en Turquie. Maintenant...

- Maintenant ?

- Maintenant je vais chercher un autre travail. Je ne sentais pas le Turc qui a mis la main sur Mehmet. Tôt ou tard avec ces gens-là, il y a des problèmes.

- Comment s'appelle-t-il ?

- Il se faisait appeler Tony. Mais en fait c'est Ali. Ali Obgur. Je ne devrais pas vous dire tout ça. Moi je n'ai rien à voir avec leurs histoires.

L'employé reste à distance. Il observe la scène, au loin. Deux fois aussi que Mathieu se retrouve à discuter avec quelqu'un qui vient de perdre son boulot. Il finit sa cigarette en trois bouffées nerveuses.

- Si c'est une crapule, vous ne devriez pas avoir de scrupules. Ridicule, se dit Mathieu en s'étonnant de faire des rimes involontaires.

- Je ne veux pas m'en mêler. Là, on touche à des gens dangereux. Je suis venu en France pour y trouver un peu d'argent, pas des ennuis.

- Ils sont si puissants ?

- Bon. Au revoir.

Mathieu s'empresse de noter le nom. « Ali Obgur alias Tony ». La seule question qui se pose : pourquoi garder la comptable ? Pourquoi n'a-t-elle pas, elle aussi, quelques nouveaux orifices et pourquoi ne gît-elle pas quelque part sur un talus ?

Toussaint sort du hangar pour rendre compte à Berche par téléphone. Mathieu l'entend décrire la scène. La situation dégénère sévèrement. Il évoque aussi le fait de refiler le dossier complet à la PJ de Colombe, maintenant qu'ils ont deux meurtres. « En revanche, nous n'avons rien du tout sur le type qui est avec Duris. Rien du tout ». Mathieu sourit. Il ne peut s'empêcher de s'approcher et de glisser ce qu'il vient d'écrire sur son bloc sous les yeux de Toussaint. « Attendez, j'ai un nom. On vient de me le communiquer. Il faut vérifier ». Toussaint grogne. « Comment c'est possible ! Si tu savais comme tu es crispant. Tu es sûr de ce nom ? »

- Je viens de discuter avec un employé qui est reparti.

- Mais il fallait m'appeler, on a besoin de témoins.

- Vous le retrouverez. C'est un des chauffeurs. Il ne dira sans doute pas grand-chose mais au moins il confirmera l'identité du conducteur.

Toussaint va trouver Varin avec le nom. Il est aussitôt passé au fichier par téléphone. Rien. Inconnu des services de police.

Un type qui sème la mort partout depuis une semaine et qui n'a jamais laissé la moindre trace sur le fichier STIC...

- On retourne à Varengeville dit Toussaint, on ne trouvera rien d'autre ici. Enfin je ne pense pas. Et même si la Duris est revenue chez nous, plus on en trouve ici, plus l'affaire nous échappe. En tout cas, toi, tu as de quoi faire un beau papier.

- On va laisser Aysun seule à l'hôpital ?

- Elle a bien de la famille. Et on n'a pas le choix. Euh, c'est mort avec Milie ?

- Pourquoi ?

- Tu étais sans arrêt pendu au téléphone avec elle il y a encore quelques jours. Là, il n'a pas sonné depuis au moins une heure.

Justement, il sonne. Gormeau. Mathieu lui raconte. Il veut un papier pour demain. Impossible d'attendre son retour cette nuit. Il faut l'écrire dans la voiture et le dicter au téléphone à une claviste. Il n'en reste qu'une seule au journal. Roberte adorait qu'on lui dicte des articles, comme au tout début de sa carrière.

50

Mathieu rentre enfin. Milie n'est pas là. Un petit mot sur une feuille coincée par des aimants entre le frigo et le chauffe-eau. « Suis chez Fanny. Baiser avec la bouche ». Mathieu pose son sac. Il va jusque dans la chambre des petits. Il a envie d'appeler tout de suite pour savoir comment ils vont. C'est étrange une chambre d'enfants vide. Il appelle. Il est trois heures du matin.

- Comment va le petit peuple sorti de ton ventre ?

- Ils sont chez Fred. Ils vont bien. Ils me demandent de tes nouvelles. Je leur dis que tu es un super héros et qu'il faut bien que tu sauves le monde. Tu es rentré ?

- Oui, tu me manques. Tu es chez Fanny ?
- Je t'expliquerai. J'arrive.
- Il est trois heures. Je viens te chercher.
- Non, je me débrouille. J'ai ma voiture.
- Je t'attends.
- Je t'aime.

Ah non, je t'attends n'a rien à voir avec je t'aime. Oh non.

Attention angoisse et fatigue. Vite, le catalogue Vitrine Magique. Mathieu tourne les pages avec avidité et gourmandise. Un basset en tissus à coucher devant une porte pour isoler, un appareil à couper les œufs durs en fines lamelles, une pendule oiseaux qui sonne toutes les heures en imitant un oiseau différent, un paillasson nouvelle génération qui absorbe jusqu'à sept litres d'eau avec un charmant dessin de berger allemand, un nain de jardin solaire qui sifflote aïli-aïlo quand on passe à moins de cinq mètres, un système de poids pour tendre les nappes avec des têtes de chien en plomb… Le catalogue Vitrine Magique est un plaisir inavouable. Mathieu ne confiera jamais à personne qu'il a besoin de partir dans cette dimension-là, parfois. Tout juste à Milie qui partage la même passion.

Pour la première fois ils ne se parlent pas. Milie se glisse dans le lit. Elle serre Mathieu très fort. Ils se font drôlement bien l'amour avant de s'endormir.

51

Hébuterne regarde Mathieu droit dans les yeux. Baldelli finit par comprendre que le sybarite voulait parler au P'tit Launay seul à seul. Il termine son café et fait mine d'avoir une course à faire. Et pourtant, il met un temps infini à remettre son blouson, il cherche ses gants. Le gauche est introuvable. Hébuterne pourrait être désagréable si la scène devait se prolonger encore plus de dix secondes. Dans ces cas-là, Mathieu pense que Baldelli est un pansement. Un cautère. Il l'adore mais se demande trop souvent comment c'est possible de lier une forme d'amitié avec le type le plus agaçant d'Europe. Finalement le syndicaliste enseignant trouve son gant dans sa poche et file.

« Là, je ne plaisante plus du tout, Launay. Vous devez maintenant faire attention à vous. Mes… amis turcs m'ont signalé l'arrivée en France de trois pointures de la mafia turque. Ils ont des passeports du MIT, les services secrets locaux. Ils ont été repérés à la douane de Roissy. On ne peut strictement rien faire contre eux avec des papiers d'agents de renseignements. Mais pour l'instant, d'après ce qu'ils m'ont dit, on les garde à disposition pour mieux vérifier. Il s'agit de membres très connus d'un nouveau clan qui a presque pignon sur rue en Turquie.

- Ils ont un rapport avec Tony ?

- Justement ! Tony est un de leurs petits protégés.

- Mais comment vos amis ont-ils été prévenus ?

- Celui que vous avez rencontré est attaché d'ambassade. La voie diplomatique…

- Mais que viennent-ils faire en France, le ménage est déjà fait. Il y a trois morts.

- Autant rester prudent. Vos articles ont permis de mettre un gros projecteur sur une partie de leurs activités.

- Vous avez appelé Berche ?

- Bien sûr. Il est au courant de notre conversation.

Mathieu laisse flotter son regard dans la salle du café de la Paix. Une petite crise de parano ne serait pas la bienvenue. Non, personne ne le regarde bizarrement. Il n'y a pas d'Ottoman avec un grand sabre qui fait semblant de lire un journal. Tout juste la tripotée d'habitués qui va rapidement se disperser pour aller au boulot. Il y a Pierrot qui entre aussi et se dirige droit sur lui.

- C'est Gormeau qui m'envoie. Il vient de te laisser trois messages sur ton répondeur. On commence la conférence de rédaction et il y a deux types qui t'attendent. Des Turcs.

Hébuterne manque de s'étouffer.

- J'appelle tout de suite Gormeau. Je ne vais pas monter. Il faut que Patrick s'arrange pour les shooter discrètement. Je suis sûr que ses photos serviront.

Pierrot marque un temps de grand vide existentiel. D'ordinaire il comprend tout et très vite. Là, non.

52

Mathieu appelle Gormeau, qui ne comprend rien non plus, et Yvette dans la foulée. Elle doit demander aux deux hommes ce qu'ils veulent et leur expliquer que le journaliste a dû s'absenter plusieurs jours. Hébuterne est songeur. « On va partir ensemble. Il vaut mieux que tu te fasses discret quelque temps. J'ai une idée. Pour quelques heures au moins. Je ne vais pas t'emmener chez moi. Tout le monde sait où j'habite et je ne veux pas inquiéter ma femme. Le temps qu'on trouve un frangin ».

- Je dois aller chercher Milie.

- On va prendre ma voiture. File chez toi je passe te prendre dans dix minutes. Je n'ai pas d'autre idée pour l'instant.

- Je dois aussi prévenir Toussaint.

- On verra ça après. Il ne faut pas les croiser en sortant du bar. Pars vite pendant qu'ils sont encore là-haut.

Milie n'est pas encore habillée. Tout juste levée. Ce qu'elle peut être belle. Mathieu la presse. Elle file sous la douche et en revient trois minutes après en se séchant les cheveux. Elle enfile un paquet de ficelles qui devient subitement un string une fois ajusté. Elle accroche son soutien-gorge avec une gestuelle toute personnelle pour obtenir l'adéquation parfaite entre contenant et contenu. Elle saute dans un jean, enfile deux pull, se précipite dans son long manteau de laine et se retrouve sur le palier. Pieds nus. « Il vaut mieux aussi prendre quelques affaires. Il me semble qu'il va falloir être particulièrement prudent. Tu veux qu'on t'emmène chez tes parents ou… chez Fred ? »

- Ce que je vais te répondre est une preuve d'amour. Naaaaaaan ! Je reste avec toi. Je ne te quitte pas d'une semelle. Le premier qui approche, il va sentir assez brutalement ses couilles lui passer par la trachée artère. J'ai fait deux semaines de karaté il y a cinq ans ! »

- Milie. Je ne te contrarierai plus jamais. Mais là, on file.

Hébuterne est déjà en bas, sur le trottoir. « Ah c'est vous Milie ? Je me doutais bien que Mathieu avait bon goût, mais je m'aperçois que c'est un esthète de premier rang. Montez vite ! » Mathieu prend place à l'avant de la voiture. Milie à l'arrière. Il attrape son regard dans le rétroviseur. Elle est tout de même un peu inquiète. Cette fois, il est vraiment sûr d'être amoureux.

Jacques Hébuterne s'arrête devant le temple. Il se déplie péniblement en sortant de la voiture. Il compose un code et ouvre la grande porte. « Je vous emmène dans un lieu sûr… et secret. Je n'arrive pas à trouver mieux pour l'instant. Ne vous inquiétez pas ». Le hall d'accueil est vaste. Un escalier mène sans doute à la grande salle. Pour l'heure, c'est une porte dérobée qui ouvre sur un escalier s'enfonçant au sous-sol. « Voilà… Je n'ai sans doute pas le droit. Mais il s'agit d'un cas de force majeure ». Hébuterne souffle comme un ruminant. Il allume la lumière dans la pièce. « Beurk », glapit Milie. Un crâne est posé sur la table, au centre.

Une bougie, du sel, du mercure… Un coq est peint sur le mur. Une grosse inscription sur le mur droit : « VITRIOL ». Pour le coup, Milie n'est plus du tout rassurée.

- C'est quoi votre truc, là ? On est dans une secte ou quoi ?

- Pas du tout. Juste une pièce essentielle du rituel. On appelle ça le cabinet de réflexion. Je ne pense pas qu'on viendra vous chercher là. Ne vous occupez pas du décor. Je m'efforce de vous trouver mieux.

- Pouah, le téléphone ne passe même pas ici.

- Logiquement, rien ne passe ici, juste des choses de soi à soi.

Hébuterne disparaît. Milie commence à faire le tour de la pièce. Elle finit par sauter au cou de Mathieu.

- Bon je ne comprends pas tout, juste qu'on a un peu de temps pour nous. Je veux te serrer dans mes bras fort, très fort. Je crois bien que j'ai encore envie de faire l'amour .

- Je…

- Et puis après, tu vas tout me raconter. J'ai un livre à faire, moi. Et je trouve qu'il n'y a pas assez de sexe dans mon livre. Il faut absolument en rajouter.

- Oui mais…

Milie lui roule une énorme pelle, elle cherche sa langue avec la sienne et la trouve. Son baiser déborde. Mathieu adore les baisers qui débordent. Ils se serrent, se caressent, se défont l'un et l'autre aussi vite que possible et puis ils font l'amour debout, avec jubilation. Avec le simple plaisir de laisser libre cours à leur délectation commune.

53

Mathieu raconte. Milie est blottie contre lui. Ils commencent à ressentir le froid dans la pièce obscure. Il parle de Tony, des deux morts. Il parle d'Aysun aussi. Milie fronce les sourcils à ce moment-là, mais elle ne dit rien. Il parle de l'accident. De Basinger. Des deux visiteurs à la rédaction.

- Ils n'auraient quand même pas tenté quoi que ce soit à la rédaction ?

- Je n'en sais rien. Je crois que c'est la réaction d'Hébuterne qui m'a fait peur. Et puis Aysun. J'ai gardé son arme...

- Tu l'as ici ?

- Non, je l'ai donnée à Baldelli pour qu'il la cache.

Milie éclate de rire. « Baldelli, armé ? C'est le concept le plus drôle que j'ai jamais entendu. Le syndicaliste enseignant à petites lunettes rondes avec un flingue ! »

- Ce qui m'inquiète surtout, c'est comment une petite infirmière tranquille peut sortir une arme pareille. C'est un P38.

- Ta petite infirmière a visiblement une double vie. Tout comme son frère Akhan.

- Elle m'a vaguement fait comprendre qu'elle avait suivi quelques stages d'entraînement. Elle a dû faire partie d'une organisation armée contre les Loups Gris en Turquie.

- J'ai envie d'un Petit Ourson à la guimauve. Je crois bien qu'il me faudrait toujours un petit ourson après avoir fait l'amour.

Mathieu se lève. Hébuterne ne les aurait quand même pas enfermés ? Non. La porte s'ouvre. Il invite Milie à visiter. Pas un bruit depuis l'escalier qui mène dans le hall d'accueil. Encore quelques marches pour aller jusqu'au temple. La lourde porte s'ouvre. Le commutateur est difficile à trouver. Il y en a plusieurs. Le premier allume une théorie de lucioles au plafond. Le temple apparaît dans cette pénombre énigmatique comme une vaste salle bordée de chaises de part et d'autre, avec un autel au fond. Une odeur de bougie, d'encaustique. Au centre apparaît un damier entouré de trois lourds chandeliers. Le second interrupteur éclaire les rangs côté droit. Le troisième, côté gauche. Des séries d'épées sont fixées au mur. L'interrupteur du bas commande un éclairage savant pour ce qu'on pourrait appeler la nef. La lumière indirecte souligne une série de symboles bien trop nombreux pour avoir du sens, un soleil, une lune, un triangle avec un œil dedans. Mathieu découvre une épée sur l'autel. Devant, une équerre, un compas, un livre entièrement blanc.

Milie ne dit plus rien. Mathieu s'empare de l'épée sur l'autel. Il s'approche de Milie. « Petit eucalyptus, en vertu des pouvoirs qui me sont conférés, je te fais chevalier dans l'ordre du Petit Ourson à la Guimauve céleste ». D'abord un sourire. Puis le visage de Milie se crispe, sa bouche s'arrondit, elle regarde avec terreur derrière Mathieu. Il a juste le temps de se retourner en assénant derrière lui un grand coup d'épée. Il fait mouche. Un type pousse un cri en portant ses deux mains à son visage. Il laisse tomber son couteau. Pendant au moins une seconde, Mathieu perd absolument toute capacité d'analyse. Il aurait très envie d'aller réconforter le type pour lui expliquer qu'il n'a pas fait exprès. C'est Milie qui le prend par le bras pour déguerpir au plus vite. Mathieu garde l'épée, il jette un coup d'œil au gars qui est maintenant à genoux derrière l'autel. Un type en costard noir et pompes vernies.

Milie descend les escaliers quatre à quatre. Mathieu la suit brandissant l'épée. En arrivant dans le hall d'accueil, ils découvrent la porte du temple grande ouverte. Il faut courir. Ils arrivent presque au niveau de la porte lorsqu'un autre costard noir s'y encadre. Il braque Mathieu avec un calibre de la plus méchante facture. Une arme automatique sans doute. L'épée tombe toute seule au sol. Des pas dans l'escalier derrière. Le blessé arrive en courant. Il a repris ses esprits mais se tient toujours le front avec la main. On devine une grande balafre en dessous. Subitement

Mathieu reconnaît l'un des deux hommes qu'il avait rencontrés avec Hébuterne ici-même. L'assistant de l'attaché d'ambassade. Le blessé pousse alors Mathieu et Milie à l'extérieur. Une voiture noire aux plaques rouges attend dehors. « Il faut nous suivre maintenant », dit le porte-flingue. Milie s'accroche à Mathieu qui aurait lui aussi aimé s'accrocher à Milie. On les pousse dans la voiture qui démarre en trombe, comme toutes les voitures noires à plaques rouges contenant des gens armés. « Je t'aime, j'ai envie de voir mes enfants », dit Milie d'une voix minuscule. Mathieu lui serre la main. Il ne peut rien tenter, il ne faut rien tenter. Le type à côté de lui dégage une odeur pestilentielle d'après-rasage bon marché au vétiver. Il s'en veut presque d'en être gêné alors qu'il devrait être terrorisé.

54

Trois heures de route au moins. Mathieu a senti le vibreur de son portable une bonne dizaine de fois. Milie est blottie contre lui. Mathieu a tenté de demander ce qui allait se passer. Pas un des trois sbires n'a répondu. Sur le siège passager, le blessé s'éponge le front toutes les dix minutes. La balafre est importante, il faudra le recoudre. Il finit par appliquer un grand mouchoir dessus qui devient grenat. La voiture entre dans Strasbourg. C'est toujours surprenant comme on entre facilement dans Strasbourg. Cette ville se laisse approcher comme une fille facile. Dans le quartier des « représentations consulaires », un large portail noir s'ouvre, la Mercedes s'y engouffre. Tout le monde descend. Le passager avant prononce quelques mots au conducteur qui lui répond en turc avec une certaine irritation.

Mathieu et Milie se retrouvent dans un vaste bureau. Le

téléphone de Mathieu vibre encore. C'est Hébuterne. « Bon, les choses ne se sont pas passées comme je le voulais. Mon P'tit Launay vous êtes redoutable avec une épée, je ne vous défierai pas en duel, même si je trouve votre Milie plus que charmante. Là, malgré toutes les apparences, vous êtes en sécurité ».

- Pourquoi nous avoir menacés avec une arme ?

- Oubliez ça. Les consignes n'ont pas été tout à fait comprises… Hum. J'espère que vous n'avez pas trop eu peur ?

- Si.

- Bon, peu importe. Maintenant, vous restez quelques jours à l'abri. Le temps d'y voir clair.

L'attaché d'ambassade croisé quelques jours plus tôt à Varengeville apparaît dans le bureau. Il porte encore plus beau que la dernière fois, costume impeccable, moustache taillée au laser, l'œil noir et piquant. Un homme lige le suit comme son ombre.

- Vous êtes mes hôtes, ici. Nous sommes à la représentation turque à Strasbourg. Il faudra excuser la méthode un peu expéditive de mes hommes.

- Euh, puisque nous sommes amis, j'espère que la blessure n'est pas trop sévère pour votre copain. Je n'ai franchement pas fait exprès. Mais que voulait-il me faire en me sautant dessus par derrière avec un couteau à la main ?

- Rien de mal puisqu'ils avaient pour mission de vous ramener ici. Nous éclaircirons tout ça un peu plus tard. Pour l'instant, il part à l'hôpital. J'ai fait mettre un appartement à votre disposition. Nous disposons d'un logement réservé au corps diplomatique. Il est disponible. Ne vous inquiétez de rien. Tant que la situation est trouble à Varengeville, vous pouvez rester là. Et ce soir, vous êtes mes invités. Milie respire.

On les conduit vers une aile du bâtiment.

« Normalement, il doit y avoir sur le lit une robe de soirée à ma taille, laissant apparaître le début de mes seins, c'est comme ça dans les James Bond » .

- Et moi un smoking laissant apparaître le début de mes...

- Mathieu ! Pas moyen de rêver deux minutes.

- Je suis mort au moins trois fois ces derniers temps. C'est épuisant. Je crois que je vais dormir une petite heure.

- Non, d'abord, tu me colles contre le mur. C'est con, mais ça m'excite d'être là !

55

Et pourtant Strasbourg n'est pas une ville facile. Elle est complexe, enferrée dans ses identités multiples, fiévreuse d'afficher cette falote image d'une Alsace fière et empressée de suggérer l'idée d'une cité ouverte. Crispée sur son patois et polyglotte comme aucune autre. Et puis c'est beau Strasbourg. Peu importe l'histoire. Dieu que les gens sont ridicules quand ils insistent sur la majuscule du mot « histoire ».

Même si l'attaché d'ambassade a formellement déconseillé à Mathieu et Milie de sortir, ils ont eu envie de s'échapper. Un tour, juste un tour, au moins pour le principe de ne pas se sentir enfermés. Strasbourg s'offre un peu. Juste une heure ou deux. Milie est amoureuse. Elle s'est assurée que ses enfants étaient bien. C'est la semaine de Fred. Elle ne lui raconte rien. Juste qu'elle ne peut pas les prendre comme il le lui demande bien trop souvent pendant sa semaine.

Mathieu a réussi à joindre Aysun. L'intervention s'est bien passée. Elle est bloquée à l'hôpital pour au moins quinze jours. Mathieu n'a rien pu répondre quand elle lui a dit qu'elle pensait souvent à lui. Milie faisait semblant de ne pas écouter.

Toussaint est en alerte maximum. Cette fois, une équipe parisienne est sur l'affaire. Des agents tellement secrets qu'ils n'ont même pas pris contact avec la police locale. « On nous prend pour des ploucs. Mais s'ils sont là, c'est que mon message au ministère était bien fait. On a fait revenir Basinger pour l'entendre. Ce mec n'est pas clair du tout. Et toujours pas de nouvelles de la grosse dame et de son tueur. C'est la version stambouliote de Bonnie and Clyde ».

- Stambouliote ?

- Ouais, Istanbul.

Hébuterne est silencieux et injoignable.

Mathieu et Milie marchent maintenant tranquilles. Besoin de calme. Ils retournent gentiment vers la villa diplomatique. « Viens, tu serais un ambassadeur et moi ton épouse, on aurait sept enfants et on aurait adopté un petit trisomique, on recevrait Bill Clinton ce soir dans la suite de l'ambassade », rigole Milie. Ils entendent un coup de feu, puis un second. En approchant de la luxueuse maison, ils aperçoivent deux tireurs de chaque côté de l'entrée. L'un d'eux se décale et tire à nouveau deux fois en direction de l'entrée. Une voiture est garée sur le trottoir. Un conducteur fait tourner le moteur, prêt à démarrer. Tout à coup une silhouette s'échappe de la maison et file droit devant vers les tireurs. Un coup de feu retentit côté maison. C'est le blessé au front. Il rejoint les autres en se tenant l'épaule. Ils s'engouffrent tous les trois dans la voiture qui démarre aussitôt. Par réflexe, Mathieu et Milie se sont cachés dans un porche. Ils voient passer la voiture devant eux. Une scène de film, plutôt de téléfilm de seconde partie de soirée. Les tireurs ont tous des sales mines. Le conducteur fait crisser les pneus au bout de la rue. Mathieu attend, vainement, que le réalisateur crie « coupez, on la refait ! ». Deux hommes sortent dans la rue, l'arme au poing. Ils la braquent chacun d'un côté et de l'autre de la rue. L'un d'eux aperçoit Mathieu. Il range vite son automatique et se précipite vers le couple. « Tamam mi ? Eğer bir şey var mi ? » Mathieu regarde Milie qui regarde Mathieu. L'attaché d'ambassade sort à son tour dans la rue. « Vous n'avez rien ? Ça va ? »

- Nous, tout va bien, mais vous ? Il y a des blessés ?
- Un homme a été touché, l'ambulance arrive.
- J'ai vu mon copain au couteau partir avec eux.
- Euh… oui. Il était avec eux.
- Mais c'est qui, eux ?
- Venez à l'intérieur.

Mathieu a subitement les jambes coupées. Il est en train de se rendre compte que le type au couteau a bel et bien failli le couper en rondelles dans le temple. Pour de vrai. Milie n'a pas dit un mot depuis le début. Elle attrape l'ersatz d'ambassadeur par le coude. Elle lui demande gentiment : « Il a failli nous tuer, c'est ça ? » L'attaché prend un air détaché. C'est mal connaître Milie. « Il va nous falloir autre chose que des Ferrero Rocher sur ce coup-là, mais des vraies explications ».

Sur le perron, un type se tord de douleur. Il a pris une balle en plein ventre. Le sang s'échappe de la plaie. Un de ses collègues est près de lui. Un autre surveille toujours l'entrée, la main sur son holster. Milie se précipite pour allonger le blessé. Elle essaye de le calmer. Il est pris de convulsions. Une ambulance s'approche. Deux pompiers en sortent avec le défibrillateur sur le dos. Ils prennent les choses en main sans pouvoir masquer une grimace qui en dit long sur les chances de survie du type.

L'attaché d'ambassade entraîne Mathieu et Milie à l'intérieur. «Vous devez comprendre la situation exacte. Brigitte Duris est aujourd'hui protégée par ce qu'on appelle chez nous un baba. C'est un peu comme les parrains de Sicile. A ceci près qu'ils ont presque pignon sur rue à Istanbul et toutes les grandes villes. Nous avons repéré le trafic de Varengeville depuis plusieurs mois. Tout porte à croire que Brigitte Duris avait organisé elle-même ce trafic. Ismet est de la même région que le meilleur ami du fils d'un baba très puissant d'Istanbul. Vous me suivez ?

- C'est le fameux Tony ?

- Oui, le Tony que la police est en train de chercher partout, s'appelle Ali Obgur. Il est originaire du sud d'Istanbul, comme Ismet. Il est très proche du fils du baba. Brigitte Duris est entrée en contact avec lui par Ismet et Tony. Le fils du parrain a flairé la bonne affaire. Il se fait livrer les vraies-fausses boucles de ceintures par la G3E, les lanières de cuir par un autre fournisseur. Il fait assembler sur place et tout repart en Europe dans la foulée. La mafia chez nous a toujours été très présente sur le marché de la drogue. Mais l'Albanie est maintenant plus forte, tout comme pour la prostitution. Alors il faut bien trouver de nouveaux créneaux. La contrefaçon en est un. Les réseaux passent principalement par l'Italie pour écouler leurs stocks qui sont gigantesques. Allez donc sur les marchés, dans les puces, sur les étalages à la sauvette un peu partout en France, en Espagne, en Grèce, en Allemagne aussi. Vous trouverez des ceintures Gucci, des sacs Hermès ou Guerlain absolument partout et par centaines. Les boucles, fermoirs et autres attaches viennent probablement en partie de Varengeville. Je vous laisse imaginer le marché que tout cela représente. Pour les mafieux, probablement quelques millions d'euros. Et comme ils sont fatigués de se faire la guerre sur la drogue, ils font tout pour développer ce marché. Il y a toujours des clients pour acheter le dixième ou le centième du prix. Aujourd'hui les douanes sont impuissantes. Elles ne peuvent que frapper par endroit au hasard des états d'âme d'un intermédiaire qui s'estime lésé. Mais ce qu'ils arrivent à capter est infime. Je crois que personne n'a idée de ce que représentent ces marchés »...

On frappe à la porte. L'un des hommes entre et prononce quelques mots. A la mine de l'attaché. Mathieu comprend tout de suite que son employé est mort sur le perron de la maison. Les pompiers ont été rejoints par un médecin urgentiste et une infirmière. Ils sont en plein massage cardiaque mais le sang inonde le ventre du gardien à chaque pression. Le geste est désespéré mais il est tenté quand même pour avoir la certitude d'avoir tout essayé. Finalement, le médecin abandonne avec un vrai dépit. Un silence respectueux s'installe pendant que les pompiers rangent leur matériel. L'un d'eux recouvre le corps d'un linge blanc. La police est attendue pour les constatations. « Je vais recevoir la police », dit l'attaché. « Je vais devoir rendre compte aussi à l'ambassadeur. Restez-là. Je pense que vous auriez tort de vous éloigner ».

- En même temps, c'est ici que ça tire dans tous les sens, répond Milie.

- Ils ne reviendront plus. Je vais vous laisser quelqu'un en permanence.

- Que s'est-il passé exactement ? Qui a tiré sur qui ? questionne Mathieu.

- Je n'ai pas encore tout compris. Mais je crois que votre copain au couteau a été surpris par mes hommes dans votre chambre avec une arme. Ils l'ont vu à la caméra de sécurité. Et...

- Une caméra dans la chambre ? percute Milie. Ils ont dû s'amuser vos agents secrets...

- Oui, enfin... Ils sont intervenus mais l'autre a tiré immédiatement. Il a protégé sa fuite, une voiture l'attendait.

- C'était un infiltré. Oui mais de quel bord ? reprend Mathieu.

- C'est très compliqué. Nous avons tout lieu de croire qu'il travaillait en même temps pour le réseau de Yasar, un ami proche de notre ex-Premier ministre. J'ai vérifié en entendant votre récit au temple maçonnique. C'est un agent que nous avons recruté il y a peu de temps sur recommandation expresse au plus haut niveau de l'Etat. Vous avez une certaine chance Monsieur Launay.

- Je dois cette chance à l'expressivité du visage de Milie.

L'attaché d'ambassade invite courtoisement ses hôtes à sortir du bureau. Milie passe devant. Avec un grand sourire, il glisse à l'oreille de Mathieu. « Il n'y a pas que le visage qui soit expressif. Vous avez vraiment beaucoup de chance, Monsieur Launay ».

- Vous détruirez les vidéos, n'est-ce pas ?

- Je vous en fais la promesse solennelle.

56

Un peu trop de scènes de crime pour Mathieu ces derniers jours. Limite saturation. Avec un très léger sentiment d'insécurité... Mathieu décide d'aller voir Aysun avec Milie. Il faut louer une voiture. Toussaint appelle. Cette fois c'est Basinger qui ne donne plus signe de vie. Il était convoqué ce matin au commissariat et il ne s'est jamais présenté.

- Tu penses à quoi ?

- Je crois qu'ils l'ont eu aussi. Berche vient de me raconter ce qui s'est passé pour vous. On a affaire à une bande de tueurs. Il faut partir de là.

- On ne va passer notre temps à fuir avec Milie !

- Le problème c'est que je ne sais plus à qui on peut faire confiance maintenant. Vous êtes où, là ?

- Chez le loueur de voitures. On file à Paris voir Aysun. Je crois qu'elle ne nous a pas tout dit.

- Je l'ai entendue. Elle ne te dira pas tout. J'ai fini par trouver des infos sur Akhan. Il a travaillé lui aussi comme agent de renseignement. Pour le compte d'un parti de gauche proche de certains membres du gouvernement. Mais il y a quelque chose de schizophrène dans toute cette histoire.

- C'est juste la distribution des rôles qui n'est pas claire.

- Il y a des réseaux. Des agents des services spéciaux qui les infiltrent pour les faire tomber.

- Qui sont tués par d'autres agents envoyés par les mêmes.

- Je suppose que Berche n'a pas prévu de t'envoyer en Turquie pour arrêter le copain de l'ex-Premier ministre ?

- Très drôle.

- Berche est tout content d'avoir laissé la main à l'équipe de Paris.

- La DGSE ?

- Oui, une équipe très spéciale montée de toute pièce pour surveiller les mafias.

- Tu sais que je suis petit localier dans un journal de province et que je suis censé m'occuper de ces chiens qu'on écrase ? Pas des réseaux mafieux de Turquie.

- Ouais, mais là, pas de chance. Tu es dedans jusqu'au cou. Et je vais persuader Berche de te faire accorder une protection particulière. Les babas turcs se sont fait une spécialité de flinguer les journalistes qui les chatouillent.

- Je crois que je vais finir par accepter, après le coup de l'ambassade. Et cette fois, il y a Milie. Vous feriez bien de penser aussi à Aysun.

- Je ne devrais pas te dire ça… Bon quand même. Elle m'a beaucoup posé de questions sur toi. Si tu t'amènes avec Milie, ça risque d'être compliqué.

- Pas le choix. Je te rappelle.

57

Baldelli rigole bêtement au téléphone. Mathieu a très envie de lui dire que ce n'est pas exactement le moment. Ce n'est jamais le moment avec Baldelli.

- Eh ben, quelle fougue ! finit-il par lâcher

- Tu parles de quoi ?

- Je vous ai vus sur un site Internet !

- Qui ?

- Milie et toi !

- Quel site ?

- De fesses ! Il y a la vidéo en caméra cachée. Hombre ! Comment que tu la…

- Arrête !

- Trop drôle.

- Tu n'es pas obligé de te répandre. Après tout, tu allais faire quoi sur ces sites ?

- Euh, rien, juste comme ça pour voir.

- On va dire ça.

58

Aysun accueille Mathieu et Milie avec un grand sourire. Qui disparaît vite quand elle essaye de se redresser dans son lit d'hôpital. Un plâtre, des suspensions, une minerve qui pourrait presque ressembler à un corset. Elle se recoiffe du bout des doigts. Très fille.

Elle va bien. Les fractures ne sont finalement pas si graves, en tout cas moins que prévu. Elles ressoudent à une vitesse surprenante, selon les médecins. Milie l'aide à se relever un peu. Elle revient s'asseoir près de Mathieu et lui prend la main.

Mathieu raconte tout ce qui vient de leur arriver. Aysun ne montre aucune surprise. Elle dit juste qu'ils ont de la chance. Elle regarde leurs mains serrées. Elle s'attendait à ce que Mathieu la questionne. Elle fronce les sourcils et prend un air dur. Mathieu commence.

- Akhan était en mission à la G3E ?

- Pas exactement. Il a été très actif en Turquie mais il voulait arrêter tout ça. Il était en fait activiste d'un mouvement de gauche, là-bas. Pas vraiment révolutionnaire, mais l'exact contraire des Loups Gris. Son organisation leur rend coup pour coup. J'ai été moi aussi active quelques mois. Nous sommes revenus en France tous les deux. C'était devenu trop dangereux. Il y avait même eu des articles sur Akhan. Il avait réussi à démanteler à lui tout seul tout un réseau de blanchiment d'argent par l'immobilier.

- Mais que faisait-il dans cette usine, avec ses diplômes ?

- Il cherchait vraiment du travail au départ. C'était en attendant de trouver mieux. Et il a fallu qu'il retombe sur un réseau. Il a très vite compris le manège. Il avait encore beaucoup de contacts en Turquie. Il a pu remonter tout l'ensemble. Notre organisation lui a demandé en retour toutes les informations pour les faire tomber.

- L'attaché d'ambassade m'a parlé du fils d'un parrain qui serait très proche d'un ami d'enfance d'Ismet.

- Le parrain en question est très connu en Turquie. C'est un type qui échappe à toutes les poursuites. Il a réussi à se payer toutes les protections politiques possibles. On a retrouvé un de ses hommes de confiance avec l'ex-Premier ministre et un des grands chefs de l'armée dans un accident de voiture. C'est pour vous dire la nature des relations entre le pouvoir et la mafia.

- Son fils se serait lancé dans la contrefaçon, c'est ça ?

- Avec une petite bande de mafieux, des jeunes flambeurs qui sont autant dans la rubrique people des journaux turcs que dans les prétoires des tribunaux. Il faut la voir la jet-set turque ! Pour le moins sulfureuse. C'est aussi contre ça qu'on luttait activement avec Akhan.

- Tony est un fou furieux. Tu savais qu'il était dans la camionnette quand on les suivait ?

- Oui, mais je ne pensais pas qu'il nous repérerait.

- Tu penses que c'est lui qui a tué Akhan ?

- J'en suis convaincue.

- Et pourquoi avoir essayé de nous tuer à l'ambassade ?

- Les mafias ont leurs réseaux en Europe. Elles ont sans doute réussi à placer des gens à eux un peu partout. On sait que la plupart des mafieux se promènent partout avec des cartes du MIT, les services de renseignements. C'est pour vous dire. On peut aussi très bien corrompre un agent déjà en place. Pour de l'argent, pour le simple fait qu'on est du même village que lui, ou même en menaçant d'exterminer sa famille sur place.

- Il y a deux types qui m'attendaient au journal hier. Ils ont eux aussi des cartes officielles. Ils sont envoyés par le parrain ?

- Il y a eu beaucoup de journalistes assassinés en Turquie. Il faudrait prendre soin de vous deux. Oui, si leurs intérêts sont menacés, ils n'hésiteront pas à envoyer des gens faire le ménage. Tu as déjà publié deux ou trois articles qui doivent les gêner. Je suis certaine qu'ils ont déjà trouvé une autre usine pour fabriquer en parallèle mais il vaut quand même mieux rester discret. Ils auraient largement préféré que tu t'arrêtes à l'assassinat de mon frère, pour une obscure histoire de harcèlement sexuel.

- Ils ne vont pas être déçus.

- Alors protégez-vous.

- Il faudra quand même bien qu'on rentre à Varengeville.

Aysun grimace encore. Comme pour mettre fin à la conversation, elle soupire. « Merci... »

- Merci ?

- Pour Akhan. Et pour être venus me voir ».

Milie ressort très impressionnée de la chambre. « Cette fille est une guerrière », dit-elle. « Respect total. Je ne me sens tellement pas à la hauteur que je ne suis plus jalouse de votre escapade parisienne ». Pour le coup, la comptable et sa perversion narcissique sont relégués au rang d'anecdote. Il est déjà tard. Il faut reprendre la route ou se trouver une chambre d'hôtel. Coup de téléphone de Cindy, l'assistante dentaire. « J'ai un truc pour vous », dit-elle.

- Si vous m'annoncez pour la troisième fois que vous savez où est Brigitte Duris, je vous laisse mon poste au journal.

- Non, là je ne sais pas.

- Je suis presque déçu. Tony ?

- Non, il y a un dénommé Rodolphe Basinger dans le bureau de mon cher patron. Il a l'air aux quatre cents coups.

- Le PDG !

- Je crois que Jean-Marie lui a donné les clefs de sa maison de campagne de Blattrans. Je vous laisse. On se voit bientôt ?

59

Direction Varengeville. Mathieu appelle Gormeau à l'agence. Son chef lui répond du bout des lèvres. Mathieu lui promet un papier explosif pour après-demain. Deux heures plus tard un violent incendie se déclare dans les locaux du journal. Deux cocktails molotov lancés sur la vitrine. Heureusement, il n'y avait déjà plus personne.

60

Mathieu et Milie ont l'idée de se rendre chez Baldelli pour être en sécurité. Il est deux heures du matin quand ils sonnent. Jérôme leur ouvre la porte en se grattant les fesses. Il explose de rire : « Les héros d'Internet ! ». Mathieu le bouscule pour entrer en maugréant. « Tu nous héberges ? ». Baldelli rigole de plus belle. « Pas de problème, j'ai mis des caméras partout. On va pouvoir faire plusieurs épisodes ». Milie lui donne un coup de coude dans les côtes au passage. « Pas drôle, on est crevé, on a failli mourir deux fois ! » Tout à coup Baldelli change de visage. « Ah ouais mais bon… Moi je veux bien mais je te rappelle que tes conneries m'ont déjà coûté une voiture, je n'ai pas envie de… »

- C'est bon, personne ne sait qu'on est là. Sauf les flics. J'ai appelé Toussaint. Il envoie une patrouille pour garder l'entrée.

- Des flics devant mon immeuble ? Ça va pas non ! On n'est pas au Chili !

- J'aime ton côté binaire… On est sous protection. Il ne peut rien nous arriver. Du coup, à toi non plus.

- Des flics en bas ! Mais vous auriez pu aussi mettre un grand panneau éclairé par des projecteurs. Mathieu et Milie ! Bon je vais me recoucher, vous avez la chambre d'amis. Mais pourquoi je n'ai pas seulement des copains profs ? Ils sont plus chiants, mais quand même moins dangereux.

Baldelli n'a presque pas cessé de se gratter les fesses. Il se retourne, s'arrête, revient vers Mathieu : « Quand ils viendront nous exterminer, vous aurez la bonté de me prévenir. Autant affronter la mort en face ».

Baldelli est parti travailler. Il y a quatre croissants sur la table de la cuisine. Tout est impeccablement rangé. Autant le prof est désordonné et improbable dans sa vie, autant son appartement est un modèle de rangement. Milie dort encore. Hébuterne appelle. « Mon p'tit Launay. On commence à y voir plus clair non ? Je dois avouer que je n'étais pas fier de mon idée pour l'ambassade. Mon ami l'attaché est absolument désolé. Je crois qu'il ne s'attendait pas lui-même à ce que les mafieux soient aussi infiltrés. C'est une bonne leçon. Pour se faire pardonner, il a fait faire quelques recherches dans la presse turque. Il n'y a rien sur Tony, rien non plus sur Brigitte Duris. Par contre, il a trouvé les photos d'une soirée mondaine dans une grande boîte d'Istanbul. Un journal people en a fait quelques pages. On y voit le fils d'un parrain incontournable et Rodolphe Basinger, le PDG. Je lui ai donné ton adresse mail, tu as déjà tout reçu ».

- Basinger est un de vos frères ?

- Pour tout te dire il a essayé de rentrer. Il était présenté par Jean-Marie, le dentiste. Il a obtenu quelques boules noires. Dont la mienne.

- Des boules noires ?

- Il a été blackboulé si tu préfères. Au moment du vote, chacun dépose une boule blanche s'il est favorable. Ou noire.

- Il a été relâché bien facilement après l'accident à Colombes. Je l'ai quand même bien vu donner les clefs de sa voiture à Tony.

- Un loupé des flics, sans doute. Berche m'a dit qu'il avait disparu depuis trois jours.

- Les super flics n'ont pas réussi à le loger ?

- Tu parles comme eux !

- A force… Mais je crois savoir où il est.

- Blattrans ?

- Là, vous m'épatez.

- En fait, je viens de l'apprendre. Berche est en train de filer sur place avec Toussaint et toute la crim'. Ils aimeraient bien, je crois, coiffer les barbouzes sur le poteau. Vous feriez bien aussi de foncer. L'arrestation du PDG vous ferait un sacré papier !

Milie dort toujours. Mathieu file chercher sa voiture, il appelle Patrick. Rendez-vous à l'entrée du village. Il faut vingt minutes, pas plus. Patrick attend déjà. Il a repéré deux voitures s'engouffrer rapidement dans un chemin. Mathieu monte dans la voiture du journal. Patrick fonce jusqu'au chemin et y engage la voiture. Il faut rouler un peu moins de trois cents mètres pour contourner une petite colline. Le chemin se transforme en allée bordée d'arbres. La maison est superbe tout au bout. En plusieurs volumes. Patrick attrape son appareil photo sur le siège arrière. Il pose la voiture sur le côté à une centaine de mètres de la maison. Deux hommes sont en train de discuter sur le perron. Patrick shoote comme un fou. Mathieu reconnaît Basinger. C'est probablement Tony qui est à côté de lui. Ils n'ont pas entendu l'arrivée de la voiture. Tony s'agite, il fait des grands gestes.

Manifestement la police n'est pas encore là. Tout à coup Basinger se met à courir dans leur direction. Tony crie, sort son arme et tire à deux reprises. Basinger s'affole mais continue à courir. Il arrive à leur niveau et se cache derrière la voiture. Mathieu l'interpelle. Patrick s'est caché derrière un arbuste. « Planquez-vous » crie-t-il.

Basinger tremble de tous ses membres. « Il m'a tiré dessus. Je n'ai rien pour me défendre. Il va nous buter ! »

Tony est entré dans la maison. Mathieu appelle Toussaint qui ne répond pas. « Qu'est-ce que vous faites là ? », finit par glisser Basinger. « Je pourrais vous poser la même question », répond

Mathieu.

- J'ai voulu en finir. Il me fait chanter.

- En finir ?

- J'ai cédé. Il voulait que je lui révèle l'emplacement du stock. J'ai un entrepôt près de Varengeville. On y a stocké du matériel d'avance. Il menaçait de brûler les autres usines du groupe. Je lui ai dit où tout ça se trouvait.

- C'est vous qui avez organisé le trafic à partir de votre usine ?

- C'est Brigitte qui a tout mis en place avec Ismet. Mais j'ai très vite compris.

- Et vous avez surtout compris ce que vous pouviez en tirer.

- C'est un enchaînement. Je me suis retrouvé en contact avec quelques gros bonnets en Turquie. J'avais eu des difficultés avec une usine du groupe. J'ai pu refaire la trésorerie en trois semaines. J'ai sauvé quarante emplois.

- Pourquoi vous ont-ils envoyé Tony ?

- J'ai voulu arrêter tout ça. Trop dangereux. Je risquais de perdre mes principaux clients. Les Turcs ont menacé de tout révéler si je les lâchais.

Basinger surveille la maison de loin. « Il faut filer, ce type est malade, il est capable de tout ». Deux voitures arrivent sur le chemin. Dans la première, Toussaint est au volant. Il pile en voyant Mathieu. La fenêtre s'abaisse. « J'y crois pas, tu es déjà sur place… Tu es un vrai poison Mathieu. On en est où, là ? »

- Je suis avec Rodolphe Basinger que j'ai l'honneur de vous présenter…

- Vous êtes seul ?

- Non, il y a Tony dans la maison. Il est armé, il vient de tirer sur Basinger.

Toussaint gare la voiture près de celle du journal. Huit hommes sortent des deux véhicules. Ils sont déjà équipés de gilets pare-balle. Toussaint revient vers Mathieu. « Il vaut mieux quitter les lieux ». Il se retourne vers Morel. « Tu restes avec Basinger et tu protège le chemin. Graf, Radisson, vous contournez la maison. On se déploie. J'appelle Berche. Il nous faut des renforts ».

Berche fait envoyer une équipe du RAID. Il prévient les gendarmes pour qu'ils placent des barrages sur tous les accès.

Mathieu n'a pas envie de retourner à l'hôpital une troisième fois en trois semaines. Pour autant, pas question de rater l'arrestation de Tony. Toussaint garde toujours un œil sur l'entrée de la maison. « Plus qu'à attendre. Je crains que Tony ne soit pas trop réceptif à l'idée d'une reddition… ».

Basinger est accroupi derrière la voiture du journal. Même dans cette position, il tire sur les plis de son pantalon, une sorte de réflexe dérisoire. Le téléphone de Mathieu vibre. C'est Milie. Elle lui dit qu'elle a horreur de se réveiller sans lui. Il lui explique la situation. Milie répond juste qu'elle l'aime.

Rien ne bouge dans la maison. Toussaint revient vers Mathieu. « Je ne peux pas donner l'assaut. Ce n'est pas notre boulot. Il y là-dedans un type qui est présumé avoir tué trois personnes et tenté d'en tuer deux autres, dont toi ».

- Ils arrivent quand tes superflics ?

- Ils ont dit deux heures, au bas mot.

- Et les deux agents turcs ?

- Je crois qu'ils auraient bien aimé te faire taire. Les articles ont fini par révéler leur business. Les Parisiens sont dessus.

- Ils ont fini par cramer l'agence du journal. Tu penses qu'ils sont envoyés par la mafia ?

- C'est ce que j'ai cru comprendre. Mais les flics de Paris ont repris le dossier en me faisant comprendre qu'il fallait leur laisser la main et qu'on serait beaucoup plus utiles à s'occuper de nos petits braqueurs ou des tontons violeurs de gamins.

- Mais s'ils sont venus aider Tony et la Duris, ils ne doivent pas être bien loin ?

- Je crois surtout qu'ils venaient pour faire le ménage ici.

Mathieu et Patrick s'interrogent du regard. Ils décident de rester. Toussaint lève les yeux au ciel. « Je t'aurai prévenu. J'espère seulement qu'il n'aura pas la mauvaise idée de sortir avant l'arrivée de l'escadron. Vous restez, mais à couvert. Pas question de se faire voir, vous feriez tout rater ».

Du mouvement devant la maison. La porte s'ouvre. Les six flics braquent leurs armes. Une petite grand-mère fluette apparaît, un panier à la main. Elle semble rouspéter pour elle-même. Elle emprunte le chemin. Les six magnum la suivent d'abord, puis retournent à la porte, dans un même ensemble. Elle claque bruyamment. La mamie grommelle toujours en dévalant le chemin. Elle s'approche des voitures. « Pas possible. Plus possible. Je vais me plaindre à M. Storckel. Ah non, à mon âge, on ne peut pas se faire traiter comme ça ». Toussaint intercepte la grand-mère et l'attire derrière sa voiture. Elle continue de maugréer en haussant les épaules. Elle ne fait absolument pas attention aux armes qui restent dans les mains. Prenant Toussaint à témoin, toute à son indignation : « Je viens faire le ménage tous les mardis depuis vingt-sept ans chez le dentiste de Varengeville. Et c'est pour me retrouver devant un idiot qui salit tout, qui n'arrête pas de jurer dans sa langue de je ne sais quoi et qui finit par me jeter dehors comme une malpropre. Non mais ! Ah ça, c'est bien fini, figurez-vous qu'on a gardé le sens de la dignité dans nos campagnes ». Morel mord ses lèvres pour ne pas rigoler. Toussaint, lui, essaye de contourner la colère de la femme de ménage. « Il vous a manqué de respect ! Mais vous le connaissez ? »

- Ni d'Eve ! Je n'ai jamais eu l'honneur d'être présenté à cette espèce de brute !

- Il est seul ?

- Mais non, il y a une grosse dame avec lui. Elle a l'air malade. M. Storckel ne m'a pas prévenu qu'il avait des amis aujourd'hui. Là, il va m'entendre. On ne traite pas les gens comme ça ! Vous-vous rendez compte ? Une dame âgée ! On la prend par le bras et on la balance dehors comme une romanichelle. Je suis sûre que je suis marquée sur le bras. Je pourrais appeler les gendarmes. Si ce n'avait pas été M. Storckel, je vous assure que j'y serais allée tout droit !

- Personne d'autre dans la maison ?

- Pensez-vous ! Juste ce cuistre et sa dame. De toute façon je n'y mettrai plus les pieds. M. Storckel devra trouver quelqu'un d'autre. Là, je rentre chez moi.

La mamie reprend son monologue et repart de plus belle sur le chemin. Emportée par sa colère, elle n'a même pas fait attention à la présence de ces hommes en arme autour de la maison.

Brigitte Duris est là. Toussaint rappelle aussitôt Berche. Il est en train d'arriver sur place, guidant les hommes du RAID. Toussaint prend les consignes. Ne pas bouger tant que ça ne bouge pas. Le froid intense est en train de raidir les jambes de Mathieu. Patrick vient aux nouvelles. Il a trouvé un buisson un peu plus loin, un poste d'observation de premier plan sur le devant de la maison.

Une camionnette arrive sur le chemin. La mamie en tête, toujours à ses jurons. La voiture de Berche suit. Un grand costaud en sort. Six hommes s'extraient à leur tour de la camionnette. Ils s'équipent en version lourde, gilets pare-balles, genouillères, casques à visière, boucliers, fusils d'assaut, fumigènes.

Le commandant salue Toussaint et Morel. Il se tourne vers Mathieu et Basinger avec un regard interrogatif vers Toussaint. « Un témoin et deux journalistes », répond Toussaint. En dépliant une carte sur le capot de la voiture, le commandant ouvre un calepin. Il s'adresse à la dame. « Elle est comment la maison ? Vous pouvez me dessiner l'entrée, le salon… » La mémère rougit. « Je n'ai jamais été vraiment douée en dessin ».

- C'est juste pour faire un plan, répond le plus calmement possible le chef d'unité.

- Une vaste entrée distribuant sur la cuisine d'un côté, un couloir qui mène aux chambres à l'étage supérieur et le salon salle à manger sur la droite.

- Le monsieur et la dame, ils étaient où quand vous êtes partie ?

- La dame dans le salon. Je crois qu'elle ne peut pas trop marcher. Le malotru n'arrêtait pas de téléphoner. Il bougeait tout le temps. A peine j'avais récuré dans la cuisine, il arrivait avec ses godasses pleines de boue. C'est à se demander s'il a eu de l'éducation !

- Il y a une terrasse derrière, un jardin, un accès ?

- Ben oui, un jardinet. On y va par une porte.

- Elle est où cette porte ?

- Dans le hall. Vous ferez attention, là, j'ai tout nettoyé.

- Merci madame, merci de nous avoir indiqué le chemin. C'est très aimable à vous.

- Bon, enfin des gens bien élevés, je vais rentrer un peu moins en colère.

La dame repart aussitôt et reprend sa mélopée exactement où elle l'avait laissée. « Non mais, on ne peut quand même pas se laisser marcher dessus… »

Le commandant réunit ses hommes autour du plan. Il leur parle à voix basse. Toussaint s'approche. Il est question d'un bouclier. Première consigne, un tireur d'élite se poste à peine un peu plus loin. Basinger glisse à Mathieu : « il a un Steyr Mannlicher SSG. C'est imparable… Oui, je m'y connais un peu en armes ».

Ce type est étonnant. Il parvient à incarner absolument tout ce que Mathieu n'aime pas. Une compression à la César de l'ensemble de ce qui pourrait être rédhibitoire. Avec une mèche de côté en plus. Il ne manquerait plus qu'il se mette à prier.

Deux hommes sont en train de préparer l'armement lourd. Fusil d'assaut, fusil à canon scié.

Berche est resté en arrière-plan. Comme depuis le début de cette affaire. Mathieu s'approche de lui. Il sort une main de son manteau de laine pour le saluer. « Vous prenez des risques en restant là », dit-il.

- Nous restons à couvert avec mon photographe. Ils vont intervenir ?

- Là, je n'ai plus la main. Est-ce que je l'ai vraiment eue ?

- Elle est folle cette histoire.

- C'est une vaste épopée de brume, comme dit Kerouac. Vous avez déjà lu Kerouac ?

- Oui. Enfin j'aurais dû le lire. Je l'ai depuis au moins dix ans et je l'ai ouvert trente fois. Mais je ne l'ai jamais lu.

- Il y a des livres comme ça. On passe à côté. Il y a aussi des affaires qu'on rate.

- La franc-maçonnerie devrait se protéger un peu plus, vous ne croyez pas ?

- Oh oui. Et si vous pensez à notre frère dentiste, j'y pense aussi.

- Comment Brigitte Duris a-t-elle pu rentrer là-dedans ?

- Tout le monde peut être initié. A condition de ne pas être fascisant et d'avoir un casier vierge. A l'époque, elle l'avait.

- Mais elle avait déjà arnaqué pas mal de gens, non ?

- Oui mais entre les plaintes en instance, les procédures non abouties et le reste, elle n'avait pas encore été condamnée.

- C'est dingue.

Les flics du RAID sont maintenant en position. Deux d'entre

eux tiennent un épais bouclier à la verticale. Ils vont sans doute progresser derrière pour approcher la maison. Le commandant décide d'attendre un moment. Il vient en informer Berche et repart près de ses hommes. Le froid en est maintenant à provoquer des crampes.

Berche reprend. « Brigitte est à l'intérieur. Pourquoi ne l'a-t-il pas tuée comme il l'a fait avec Akhan, Ismet et son frère ?

- D'après Basinger, elle sait où est la planque, leur stock. Il en a besoin. Alors il a besoin d'elle. Il n'y a pas d'autre raison, si ce n'est qu'il soit subitement tombé amoureux d'elle.

- Elle en a séduit d'autres, croyez moi.

- Oui mais des gens faibles ou en situation de faiblesse.

- Non, pas seulement.

- Vous n'êtes pas en train de me dire que…

- Je ne vous dis rien du tout. J'ai été sous le charme comme tout le monde. Elle est très forte pour attirer les hommes comme les femmes. Il y a une sorte d'attirance animale immédiate à son contact. Peut-être ses rondeurs, sa voix aussi. Elle sait être enjôleuse.

Toussaint approche à son tour. « On se retire gentiment », dit-il. « On ne sait pas trop de quoi il est capable et comment il est outillé. On reste tous en appui. Là, il y a trop de monde autour ».

Berche a repris son air de flic, sourcils froncés, et quatre grosses rides sur le front. Le masque ne tient pas longtemps quand Toussaint s'éloigne. Il adresse un regard à Mathieu qui scelle les confidences qu'il vient de ne pas lui faire.

Basinger s'impatiente. Cette fois, un policier reste près de lui ostensiblement. Il comprend qu'il ratera son golf demain matin et qu'il ne pourra faire son numéro de dandy ultra-libéral devant de pauvres bougres payés à peine le SMIC dans une quelconque usine demain après-midi.

Trois coups de feu sourds. Chacun se raidit autour de la maison. Mathieu se cache un peu plus. Patrick empoigne son boîtier. Dans le viseur, il aperçoit la porte d'entrée s'ouvrir. La silhouette d'une femme corpulente s'avance avec difficulté dans la cour, une arme à la main, un sac dans l'autre. Elle s'approche d'une des deux voitures. Le commandant du RAID la stoppe net d'une voix forte. « Police, lâchez immédiatement votre arme ! ».

Brigitte Duris marque un temps d'arrêt. Mathieu entend plusieurs cliquetis d'armes que l'on recale contre l'épaule. On devine que tout va très vite dans la tête de la comptable. Et puis elle laisse tomber le pistolet avant de s'effondrer au sol. Deux policiers foncent vers elle. L'un d'eux écarte l'arme du pied, et met en joue la jeune femme en lui criant de rester à terre. Le second se plaque au mur près de la porte d'entrée. Le troisième entre directement dans la maison, couvert par son collègue qui le rejoint aussitôt. Quelques minutes passent. Les deux hommes ressortent en rangeant leurs armes. « Tout est clair », dit l'un d'eux en direction du commandant qui se dirige aussitôt vers la maison. Berche s'avance avec lui. « J'aime mieux comme ça », dit-il.

Tony a été tué d'une balle dans le dos. Il a aussi deux balles dans la tête. Une flaque de sang s'est répandue au milieu de la vaste entrée. Brigitte Duris est en train de pleurer dans la cour. Elle est visiblement à bout de force. Patrick a tout loisir de la prendre en photo. Finalement deux hommes l'aident à se relever pour l'installer à l'arrière d'une voiture. Le commandant s'approche pour lui demander si d'autres personnes sont dans la maison. Elle ferme les yeux pour lui répondre. Lorsqu'elle les ouvre à nouveau, elle croise le regard de Berche qui s'est lui aussi approché sans enlever les mains de ses poches. Elle l'évite, le fuit. Elle referme les yeux. Lui la fixe presque froidement à la manière de Philippe Noiret dans ses rôles de notable insensible.

61

Au journal, c'est la confusion. La rédaction s'est repliée dans les locaux de la pub à l'étage supérieur. Quelques journalistes, faute de place, se sont rabattus sur le Café de la Paix avec leurs ordinateurs portables. Ils multiplient les allers-retours. Gormeau s'est installé dans le local technique. Il reçoit Mathieu d'un air glacial. Le rédacteur en chef a exigé une page spéciale sur cette affaire et son dénouement.

Mathieu est épuisé. Il va tout de même multiplier les entrées, le récit de l'arrestation en tête de page avec deux photos, celle de l'équipe du RAID et celle de la comptable incendiaire. Il va aussi résumer cette longue cavale avec un encadré date par date. Il faut des éléments de personnalité avec l'évocation de toutes les affaires d'escroquerie dont devra répondre la jeune femme. En bas de page, il reste un papier pour expliquer comment la mafia turque a fait de cette petite usine de Varengeville une tête de pont d'un de ses trafics les plus importants en matière de contrefaçon.

Mathieu s'installe lui aussi au Café de la Paix. Il appelle Milie pour lui raconter. Souvent, le fait de raconter en quelques mots lui donne tout le déroulé de l'article qu'il va écrire. Il l'appelle aussi pour lui promettre que tout cela va s'arrêter. Elle ne répond pas. Pierrot est énervé comme jamais. Il travaille sur la démission d'un adjoint au maire qui devait le rappeler mais ne le rappelle pas. Une autre collègue n'arrive pas à envoyer son texte sur l'abattage de trois grands arbres fétiches du centre-ville. Un comité de soutien s'est enchaîné au plus gros, un tilleul centenaire. Mathieu n'arrive pas à s'intéresser mais il fait semblant avec beaucoup de conviction.

62

Milie pousse une sorte de soupir. Elle a un mouvement de la main qui n'est déjà plus contrôlé. C'est amusant. Comme si elle avait voulu chatouiller Mathieu. Mais là, elle ne veut plus rien. Sa respiration, infime, est devenue d'une régularité stupéfiante. Un parfum léger s'installe, mélange de démaquillant, de dessous enlevés, d'un corps qui a vaincu une journée. Dans quelques secondes, la tête de Milie va rouler sur l'épaule de Mathieu. Elle lâche prise. Elle s'évade, se faufile entre les grands panneaux de réalité qui tentent de contrarier son évasion, elle saute avec une grâce inouïe par-dessus le poids de sa conscience, elle lâche le lest, elle n'est plus en alerte. Elle s'endort.

Mathieu est attendri comme jamais. Il devient tendre. Milie est dans ses bras parce qu'elle y est bien. Il sent ses seins contre son torse, son ventre contre le sien. Il est possible qu'il ressente aussi comme l'humidité de son sexe appliqué contre sa cuisse. Mathieu a collé le dessus de son pied au dessous de celui de Milie. Cette installation de leurs corps dans l'abandon est à ce moment précis la plus belle chose au monde.

63

Berche promène toujours sa déprime. Sa porte est fermée au commissariat. Toussaint s'agace. « On ne le reconnaît plus. Je me tape toute la procédure. Le renseignement intérieur a décampé ce matin. Ils pensent que les deux mafiosi turcs ont repassé la frontière. En fait ils n'ont plus rien à faire ici. Ils ne retrouveront pas le stock. Une équipe s'y est rendue hier. Tu ne peux pas imaginer ce qu'on a trouvé. Des milliers et des milliers de pièces d'avance. Une fortune. On a vu avec le ministère, on va organiser une séance de destruction avec un bulldozer qui passe dessus. Une belle prise de guerre ».

- Et Duris ?

- On n'a pas pu l'entendre. Elle est dans un état physique lamentable. Un médecin nous a dit qu'elle ne devrait plus être vivante depuis longtemps. Ses brûlures sont une infection. Dans la voiture, hier, les gars ont manqué défaillir. Je crois qu'ils l'ont plongée dans le coma artificiel. Berche ne veut plus en entendre parler ».

- Il faudra quand même qu'elle raconte. Qui a tué Akhan ? Qui a tué Ismet et son frère ? Qu'elle explique tout ça.

- Dans la voiture, elle a dit qu'elle avait été enlevée, qu'elle ne comprenait pas ce qu'ils lui voulaient…

- Elle mitonnera jusqu'au bout.

- Nous avons assez de charges contre elle.

- Basinger, vous en faites quoi ?

- Le juge a très envie de le mettre quelques jours en prison. Il risque gros. Ils vont se rejeter la faute avec Duris. On a eu l'intervention d'un des plus grands cabinets d'avocats parisiens.

- Tu crois que je peux aller voir Berche ?

- Essaye toujours.

La secrétaire de Berche fait un signe négatif à Mathieu. L'affolante Miss Gelée est au téléphone mais elle fait comprendre au journaliste que Berche a quelqu'un dans son bureau. Il rappellera. C'est étonnant comme les jupes de cette femme raccourcissent à mesure qu'elle avance en âge.

Toussaint revient vers Mathieu. « Mathieu, la serveuse de la

Paix, la copine de Baldelli, elle a été chopée cette nuit. Elle a tellement boxé un type qu'elle l'a envoyé à l'hôpital ! Elle est en garde à vue ».

- Il l'a échappé belle, Baldelli. Elle avait l'air de l'aimer beaucoup. Elle sort d'où cette fille ?

- D'un sex-shop spécialisé dans le sado-maso. Tu sais, près de la gare, dans la petite rue.

- Je n'y suis jamais rentré mais je vois bien la vitrine.

- Elle est décidément dans tous les plans foireux, la péronnelle. Il va falloir que je m'intéresse aussi à une espèce d'association qui gravite autour d'elle. Ils sont glauques à souhait. Ils font des suspensions, ils se pendent à des crochets fixés dans la peau. Tu vois le genre.

- Si ça leur fait du bien, je ne vois pas ce que les flics ont à faire là-dedans.

- Pour l'instant, je boucle l'affaire Duris. Je ne suis pas fâché qu'on ait pu mettre la main dessus.

- Chacun ses fantasmes, moi je n'y mettrais pas la main... J'espère qu'elle est sous bonne protection à l'hôpital. Elle vous a glissé dans les pattes au moins trois fois.

- Cette fois, aucun risque. A moins qu'elle ne s'évapore subitement.

- Elle en est capable !

- Plus maintenant. Pas dans l'état où elle est.

64

Aysun va beaucoup mieux. Elle doit rester alitée encore une quinzaine de jours. Elle est revenue dans sa famille. Elle voulait voir Mathieu ce matin. Il entre dans le petit appartement. La maman l'accueille puis disparaît vite dans la cuisine. Il y a maintenant une grande photo d'Akhan dans le salon dépouillé. Aysun l'appelle à son chevet. Elle est encore très pâle mais son sourire est revenu.

- J'ai maintenant du mal à rester sans rien faire. C'est bon signe. J'ai lu tes articles. Je suis vraiment contente que cette horrible femme ait été arrêtée.

- Elle va tout faire pour retourner tout ça et passer pour une victime.

- Je pense qu'il y a assez d'éléments à charge contre elle. Je peux te dire que c'est bien elle qui commandait Ismet quand ils m'ont enlevée. Il était aux ordres. Par contre, Tony et elle ne se comprenaient pas. Tony parle très peu français.

- Parlait…

- Oui. J'ai cru qu'il allait me tuer moi aussi. Un soir, chez la mère de Brigitte, il a piqué une crise terrible. Il a frappé Ismet. Il a même insulté Brigitte qui allait très mal. Moi j'étais menottée. Il m'a jetée au sol et il a sorti une arme. C'est la mère de Brigitte qui l'a arrêté en disant que sa fille avait besoin de soins. Il n'a pas osé se retourner contre elle.

- Tu as eu de la chance.

- Si tu n'étais pas monté à La Rochelle la police ne m'aurait probablement pas retrouvée.

- Ils avaient besoin de Brigitte pour retrouver le stock de contrefaçons et ils avaient besoin de toi pour la maintenir en vie.

- Mais une fois le stock retrouvé ?

- Ils t'auraient sans doute tuée. Avec elle d'ailleurs. Ils l'ont fait avec Ismet et son frère. Ils n'étaient plus utiles. Ce qui m'inquiète maintenant, c'est la réaction du fils du baba en Turquie. Apparemment Tony était son ami et son premier lieutenant. Ils ont des gars partout. J'ai même failli y passer à Strasbourg, là où je devais être le plus en sécurité. Ce qui veut dire qu'ils peuvent mobiliser n'importe qui à n'importe quel moment. Tu crois qu'ils vont vouloir venger Tony ?

- Je ne sais pas. Je ne crois pas. Ils sont repérés maintenant. Le business passe avant tout ça. Le business a besoin de se faire oublier. Et chez nous, les questions d'honneur ne se situent pas là.

- Ils pourraient envoyer les Loups Gris d'ici ?

- Très franchement je ne vois pas. Je connais bien les communautés d'ici. Ils règlent leurs comptes entre eux tu sais. Les Loups Gris, les Kurdes du PKK, les fondamentalistes… Ils s'observent, se frottent parfois, mais sans vraiment de liens avec la Turquie. La mafia turque ne s'appuie pas sur eux. Et les Turcs d'Europe n'ont pas souvent recours aux caïds de là-bas. Il fallait qu'il y ait un intérêt immédiat pour qu'ils envoient Tony, deux faux agents et qu'ils activent leur contact à la représentation turque de Strasbourg. Et puis tu sais, en France, ces étiquettes sont identitaires mais pas au-delà. Les Turcs d'ici sont des gens qui veulent seulement travailler.

Aysun s'étire dans son lit. Elle sourit.

« Milie est vraiment très belle, tu as de la chance » Mathieu ne s'attendait pas à cette phrase qui reste en suspend. Il doit trouver une échappatoire, une sortie de secours de toute urgence. Aysun demande à Mathieu de mettre fin à leur attirance. La jeune infirmière l'implore de fermer la porte, d'enclencher la serrure trois points, de baisser le rideau de fer et de mettre l'alarme en marche. Il lui suffirait de répondre juste qu'il le sait, qu'il est très amoureux de Milie. Mathieu laisse la porte ouverte. Il sourit à son tour, simplement. Ils resteront dans l'équivoque d'un possible amoureux. Celui qui crée une petite boule au ventre certains soirs. La sensation d'un truc inachevé, peut-être. Le voilà qui fait le salaud avec les nanas. Il était quand même temps.

Au Café de la Paix, Jacques Hébuterne a retrouvé sa place, dans le fond, avec quelques-uns de ses amis. Il accueille Mathieu avec un air entendu. D'une pression amicale, mais implacable, sur l'épaule, il invite le jeune journaliste à s'asseoir à ses côtés. « Mon ami l'attaché d'ambassade ne sait pas comment faire pour être pardonné », explique-t-il.

- Il a voulu bien faire.

- Il a voulu me rendre service...

- Et le dentiste. Il n'est quand même pas clair dans tout ça. Il va falloir qu'il réponde à beaucoup de questions. Comment se fait-il qu'il ait caché la comptable ? Pourquoi était-il au courant en temps réel de tous ses déplacements ?

- Je ne m'explique pas tout. Il n'est pas revenu à l'atelier et il ne répond plus au téléphone. Je crois que Brigitte a fait des ravages chez nous.

- Personne ne pourra jamais me faire croire que Berche est tombé dans les griffes de la Duris.

- Le secret des loges n'est pas celui des alcôves.

- Ce qui m'effare le plus, c'est que Brigitte Duris ait pu devenir franc-maçonne et le rester. Là, je dois dire que j'ai un gros doute sur votre institution.

- Doute que je vais dissiper aussitôt mon p'tit Launay. Elle n'est pas franc-maçonne. J'ai passé deux jours à essayer de retrouver des traces de son initiation. Elle nous avait dit qu'elle était passée sous le bandeau à La Rochelle. Personne ne se souvient d'elle dans les loges féminines ou mixtes. Je me suis même adressé aux sièges parisiens de toutes les loges. Rien.

- Ce qui veut dire qu'elle s'est fait passer pour franc-maçonne et que personne n'y a rien vu ?

- Il faut croire que c'est possible. Une maçonne fervente en plus. C'est un scandale énorme chez nous. Mais là, je te demande de ne pas en parler dans le journal, si tu veux bien. On est sous le maillet.

- Hein ?

- Oui, je te parle presque comme à un maçon. Que tu pourrais devenir d'ailleurs. Tu ajouterais une pierre solide à notre temple.

- Je ne comprends pas toutes les métaphores... Mais on verra plus tard. Je prends cette invitation comme un compliment. Je n'avais jamais vu les francs-maçons d'aussi près, et je ne suis pas certain que c'était sous le meilleur angle. Je garde une haute estime pour vos combats. Mais personne ne vérifie ? N'importe qui peut se présenter dans une loge comme ça. C'est inquiétant.

- Pas n'importe qui. Brigitte Duris. Elle est d'abord venue à une tenue blanche il y a deux ans. Une tenue ouverte aux profanes comme nous en organisons parfois pour faire intervenir une personnalité, un spécialiste dans nos débats. Elle a beaucoup discuté avec les uns et les autres. Elle a expliqué qu'elle avait été initiée il y a longtemps à La Rochelle et qu'elle s'était mise en sommeil par obligation professionnelle. Elle avait alors paru très sympathique à de nombreux frères et sœurs qui l'ont poussée à revenir en loge. Jean-Marie Storckel, le dentiste, était sous le charme. Un soir, elle est venue en visiteuse. C'est Jean-Marie qui lui a prêté un tablier et des gants. Elle disait qu'elle les avait perdus dans ses innombrables déménagements. Elle n'était pas très à l'aise avec le rituel maintenant que j'y pense. Par contre, elle était franchement divine pendant les agapes. Drôle, pleine d'humour et l'esprit vif. Elle est revenue plusieurs fois. On l'a invitée dans des dîners plus particuliers. Elle avait raconté à Jean-Marie qu'elle avait perdu son mari et son unique enfant dans un accident de voiture quelques années auparavant mais qu'elle ne voulait plus en parler. Qu'elle surmontait comme elle pouvait chaque jour cette épreuve. Jean-Marie avait prévenu tout le monde pour éviter les gaffes, les questions maladroites ou une allusion mal placée. On admirait cette femme courageuse et si pleine de vie malgré la mort des siens. On évitait aussi de lui poser trop de questions sur son passé, y compris son passé maçonnique. Là aussi j'ai vérifié. C'est plutôt Berche qui l'a fait. Elle n'a jamais été mariée et n'a jamais eu d'enfant.

- Basinger l'a recrutée sur recommandation maçonnique ?

- Rodolphe Basinger n'est pas franc-maçon, je te l'ai déjà dit. Non, je crois que c'est par la petite juge des tutelles. Ils sont cousins je crois ou quelque chose comme ça.

- Ah.

- On ne peut pas tout nous imputer. En tout cas, elle s'est infiltrée en douceur. Mais elle restait visiteuse. C'est-à-dire qu'elle n'a pas demandé d'affiliation à une loge mixte d'ici. On aurait à ce moment tout découvert.

- Encore une fois personne n'a eu l'idée de vérifier ?

- Si elle avait demandé à intégrer un atelier, il fallait nécessairement contacter celui qui l'a initiée. Elle s'est bien gardée de le faire. Et voilà comment on peut fréquenter assidûment les loges maçonniques d'une ville sans être franc-maçon. Elle a trouvé la faille. Je peux te dire que cette affaire va faire beaucoup de bruit chez nous. Nous sommes justement une société qui reste discrète pour se protéger de ce genre d'individus.

- Et Berche ?

- Je crois que Berche et Jean-Marie se sont un peu tiré la bourre pour obtenir les faveurs de Brigitte. Ils en étaient tous les deux mordus. Ils tombent de haut, l'un comme l'autre. Mais c'est Jean-Marie qui aura le plus de mal.

- Il me semble bien que Berche est aussi dans un drôle d'état.

Si vous saviez le nombre de gens qui se retrouvent en dépression dans le sillage de cette femme. Je crois qu'il faudrait en faire un roman.

- Noir, le roman.

65

Baldelli entre au café, précédé d'un grand sourire. Il explique qu'il est devenu accro d'une voix. Une journaliste de France Bleu qui présente les infos avec un timbre de voix qui va le chercher là où on ne l'a encore jamais trouvé.

- Elle a une voix, mon pauvre, à la fois douce, très légèrement éraillée, et puis elle prend un ton sérieux, officiel, tout en laissant passer des intonations de fille, de femme, de louve, tout cela virevolte. Je ne peux plus m'en passer !

- Je la connais sans doute ?

- Elle s'appelle Aurélia, mais je n'ai pas entendu son nom.

- Je l'ai déjà croisée sur une manif je crois. Elle est…

- Non ! Ne me dis surtout pas comment elle est. Je ne veux pas la voir, l'image mentale que je m'en suis faite me suffit largement. Tu risquerais de tout casser.

- Tu es vraiment un allumé de la calebasse, un agité du bocal, un pervers maniaco-dépressif saisonnier !

- Tu l'aurais entendue raconter qu'on vient à l'instant de découvrir un cadavre dans l'usine de la comptable, elle était trop choute !

- Hein ? Ils viennent d'annoncer ça sur France Bleu ?

- En fait, je n'écoute même pas, j'entends sa voix comme si je me faisais une ligne de coke.

Mathieu appelle aussitôt Toussaint qui confirme la découverte d'un corps. Il contacte Patrick qui lâche un reportage sur la fabrication des rivets de fixation des attaches de pare-chocs dans une usine toute proche. Dix minutes plus tard, ils sont sur les lieux. Un petit groupe est au centre des vestiges de l'usine. Mathieu s'approche autant qu'il peut. Les policiers en tenue n'ont pas encore de consignes. Il rejoint Toussaint et Berche. Deux autres hommes sont en train d'étudier la position du corps qui gît devant eux sur le dos entre deux vieux établis calcinés. Il a un sac plastique sur la tête, fermé au niveau du cou par la moitié d'un rouleau de scotch. Les mains sont liées dans le dos. On devine plusieurs coups de couteau sur le torse. Le sang a coulé sur le corps, le long des jambes. Il n'est pas encore en raideur cadavérique. Il semble totalement désarticulé, jeté comme un pantin. Il lui manque une chaussure. L'identité judiciaire est en train de multiplier les prises de vue.

Toussaint s'écarte et s'approche de Mathieu. « C'est Basinger, ils lui ont laissé son portefeuille. Un cadeau de nos amis turcs ».

- Un cadeau de départ j'espère, répond Mathieu.

- Les gars du renseignement intérieur espèrent aussi. Ils me demandent de vous virer…

- Ok, on s'éloigne.

Patrick a eu le temps de faire deux ou trois images discrètement. Pas de cadavre sur l'image, mais deux hommes gantés penchés sur une masse que l'on devine et un troisième qui photographie.

Basinger avait été libéré au terme des quarante-huit heures de garde à vue. Son avocat lui a évité de haute lutte la détention provisoire. Il l'a tué, sans le savoir. C'était le principal argument du parquet qui voulait le mettre en détention avant tout pour le protéger. Il a été kidnappé à l'Hôtel du Parc, où il avait ses habitudes. Le réceptionniste a bien vu deux hommes monter dans les étages mais il n'a pas réagi.

Le vaste tas de décombres de l'usine G3E est de plus en plus sinistre, noyé dans la brume glaciale. Rodolphe Basinger ne tirera plus sur les plis de son pantalon. Il s'était sans doute imaginé une autre fin. S'était-il imaginé une fin ? Maintenant, il n'y a plus que Brigitte Duris pour témoigner de cette affaire. Et pour rendre des comptes. Berche vient de demander le renforcement de la garde autour de son lit d'hôpital. Trois flics veilleront désormais jour et nuit sur l'ex-comptable plongée dans le coma.

Berche se détache du groupe de flics et rejoint Mathieu en évitant lentement les décombres au sol. Patrick s'écarte et continue à prendre ses photos. Tout près du journaliste, Berche s'arrête. Il plante ses yeux fatigués dans ceux de Mathieu.

- Vous avez déjà souffert, Launay ?

- Je crois, oui.

- Vous savez, je n'ai pas été souvent amoureux dans ma vie. De ma femme, si. Quand elle est partie, je me suis retrouvé dans l'impossibilité totale d'être amoureux. Et puis un soir j'ai rencontré Brigitte.

Là, Berche commence à marcher, se tournant très légèrement vers Mathieu pour l'inciter à le suivre. La scène est irréelle à quelques mètres d'un cadavre et autour des vestiges d'une usine incendiée. Berche parle d'amour.

- Je ne crois pas avoir déjà parlé de tout ça avec quelqu'un. Si ce n'est avec Brigitte. J'ai ouvert les portes avec Brigitte. Elle m'a permis de me libérer, de dire enfin. De crier ma solitude aussi. Je me suis réfugié dans le boulot pendant toutes ces années. J'ai travaillé dur, menant les gars sur un rythme de dingue. Forcément, quand il n'y a plus rien à côté, on investit tout dans le travail. Et puis la lecture aussi.

- Vous êtes tombé amoureux de Brigitte ?

- Ne me brusquez pas, j'y venais. Il s'est passé quelque chose avec elle. Elle m'a débloqué, elle m'a rendu à moi-même, elle m'a redonné goût à beaucoup de choses qui s'étaient arrêtées pour moi. Peu importe aujourd'hui ce qu'elle a pu me raconter, j'ai compris que rien ne tenait. Et puis c'est vrai, nous avons eu une liaison. Je me l'étais interdit jusque-là. Cela n'a duré que quelques mois. J'ai su qu'elle était en même temps très proche d'un ami à moi.

- Storckel ?

- Oui, le dentiste. Mais je ne m'en occupais pas. Elle ne m'appartenait pas, elle pouvait bien faire ce qu'elle voulait à côté pourvu qu'elle continue à me réapprendre tout ce que j'avais oublié de moi-même. Je la voyais très peu en réalité. Mais chaque fois, je reprenais un peu plus vie. Peut-être le fait d'être simplement soi-même avec une autre. Et puis tout à explosé avec l'incendie. Là, j'ai appris qu'elle avait une vraie histoire avec Ismet. Vous m'avez parlé aussi de cette histoire de sucettes. Je savais qu'elle voyait souvent Storckel. Au tout début, j'ai cru que tout ça n'était que mensonges. Vous êtes venu un jour me parler du témoignage d'Akhan. Je n'y ai pas cru, pour être honnête. Et puis vous connaissez la suite.

- Même totalement cintrée, elle vous a quand même rendu service. C'est ce qui compte non ?

- Sans doute. Mais si je vous disais qu'elle me manque ?

- Je vous croirais. Et je me dis que vous vous en tirez bien. Si vous saviez dans quel état sont certaines de ses conquêtes aujourd'hui. Vous, il vous reste au moins cette ouverture. Et vous n'avez rien perdu.

- Si, probablement l'estime de mes hommes. Certains de mes amis ne me regardent plus exactement comme avant. Le flic d'expérience qui mange dans la main de l'escroc en jupon…

- Ce ne sont qu'apparences.

- Précisément. C'est pour obtenir cette réponse que j'ai eu besoin de vous parler.

- C'est une marque de confiance que j'apprécie, Commissaire.

- Vous avez ma confiance, Launay. J'espère ne pas avoir perdu la vôtre.

- Parce que vous seriez tombé amoureux ? Non. Moi je reste sidéré par le décalage entre tout ce que j'entends sur sa capacité de séduction et le premier contact - le seul contact -que j'ai eu avec Brigitte Duris, ici même, il y a trois semaines. Si elle avait pu me lâcher les chiens ou me dévorer tout cru elle-même... Et puis il y avait autant de mépris que de haine dans son regard. Je m'en souviens encore.

- Mais vous ne pouvez pas imaginer comme elle peut aussi être drôle, attachante. Elle a un talent, un vrai talent pour vous réconcilier avec vous-même, vous ramener à vous. Et vous faire vibrer tout ça. Elle en devient belle.

- On se voit dans le regard des autres, certains utilisent Photoshop pour vous renvoyer votre image. Elle est truquée, arrangée. Ils ne vous révèlent pas un reflet de vous-même, mais la version de vous qui les arrange et dont ils vont se servir.

- Vous avez raison. Mais j'ai passé de trop bons moments avec elle pour les anéantir avec ce genre de constructions intellectuelles un peu hasardeuses.

- C'est dommage, j'étais assez fier de ma tirade.

- Même si le flic que je suis, avec une certaine expérience, me hurle d'un côté que je me suis fait avoir, qu'elle a un vrai profil pénal et pathologique, je veux m'accrocher à ces petits moments de bonheur que j'ai, moi, vécu sincèrement. Je suis sûr qu'elle était parfois sincère aussi.

- Ouaip.

- Finalement, l'autre n'est pas si important, c'est bien ce qui se passe en nous qui l'est. Après, c'est vrai que j'ai eu un réflexe de protection pour elle. Elle en a joué peut-être. Le vieux flic d'expérience n'a pas cru qu'elle avait pu mettre le feu à sa propre société. Au début. Quand on l'a arrêtée pour la première fois, j'avais Brigitte en face de moi, dans mon bureau. La femme qui m'a réappris à séduire, à me refaire confiance, à envisager d'autres femmes, J'ai tout fait pour qu'elle me dise qu'elle n'avait rien à voir dans tout ça. Le vieux Berche s'est fait avoir par le nouveau Berche. Mais c'est ma nouvelle aptitude au bonheur que je protégeais.

Tout en marchant, Berche et Mathieu sont revenus vers le cadavre. Cette fois, l'identité judiciaire est à l'œuvre. Les enquêteurs cherchent des indices, peut-être une empreinte. Un détail. Les deux super-flics du renseignement intérieur se sont éloignés. Ils discutent avec Toussaint adressant quelques coups d'œil inquiets vers le commissaire. Le téléphone de Berche sonne la Marseillaise. « C'est le préfet », glisse-t-il avant de décrocher.

La vie reprend, Elle s'était arrêtée quelques minutes entre deux hommes pour qu'ils en parlent. Ils se sont compris. Patrick attend dans la voiture. Toussaint s'approche à son tour, préoccupé. « Il t'a dit quoi Berche ? »

- Il était amoureux. Mais je crois qu'il va bien.

- Mais comment il a pu ?

- Il faudra bien qu'on arrive à comprendre, et moi le premier, que rien n'est jamais tout à fait noir.

- C'est quoi cette réponse d'intello de gauche ?

- Je suis un peu bousculé. J'avais envie de dire un truc définitif. Il me tarde d'en finir avec cette histoire.

- Et moi ! Les flics de Paris commencent à en avoir marre de te voir traîner partout. Fais-toi discret un moment. Surtout si les Turcs continuent à dézinguer dans tous les sens.

Le fourgon mortuaire vient d'arriver. Les deux employés des pompes funèbres sont en train de sortir leur matériel. L'un sifflote tranquillement, l'autre, une cigarette au bec, est en train de raconter des histoires de blondes à son collègue qui les connaît déjà toutes. Il reste deux jours avant de récupérer les gosses de Milie. Mathieu va l'emmener en week-end. Il va lui faire l'amour, il va la faire rire, compter ses seins pendant dix minutes, trouver dix-neuf nouvelles positions du Kamasutra, lui offrir un énorme bouquet de fleurs, il va lui parler d'elle, lui dire qu'elle est belle, d'une beauté rare.

Il a reçu un SMS pendant que Berche lui parlait. C'est Milie. Elle a écrit : « Je m'en vais. Je t'aime. N'oublie pas la boîte à ouvrir dans deux ans ».

66

Brigitte Duris est sortie du coma. Elle a déjà subi plusieurs greffes de peau. Elle n'a pas encore été entendue. Sa culpabilité est maintenant établie. Le juge est sûr de son affaire pour les escroqueries, les détournements de fonds, les harcèlements divers, les complicités de meurtre. Il y a aussi le meurtre de Tony mais un bon avocat pourrait facilement s'en sortir avec ça.

Berche a repris vie. Il est souriant, attentif, concentré. « Il est redevenu très chiant », soupire Morel. Il ajoute aussitôt qu'il le préfère comme ça. Le commissariat est redevenu cette manufacture des désespérances ordinaires. Un gros tube de crème d'angoisse. Dans l'après-midi on a retrouvé un type mort depuis plus de deux ans chez lui, dans son appartement d'une tour de quatorze étages. Il n'avait plus de contacts depuis quatre ans avec ses cinq enfants.

Aysun a rappelé. Elle va beaucoup mieux, au point qu'on l'autorisera bientôt à poser le pied par terre. Un petit miracle quand on voit la radio de départ, comme lui a dit le chirurgien. Mathieu n'a pas osé lui dire que Milie était partie. Il en avait pourtant très envie. Hier soir, Cindy organisait une petite fête, elle voulait inviter Mathieu. Il a préféré rester à la Paix pour boire des bières avec Baldelli et Pierrot. Trop de bières. Il a envoyé un message à Milie vers deux heures du matin. « Et l'histoire, qui va la finir l'histoire ? » Il n'a pas eu de réponse.

Mathieu attend déjà depuis dix minutes dans le bureau de Mme Gelée pour voir Berche. Il est occupé au téléphone. « Je n'ai pas les confidences du patron », finit-elle par lui dire. « Mais une secrétaire voit tout. On nous l'a bien bousculé le patron. Il a l'air de reprendre un peu confiance. C'est vous qui m'inquiétez Mathieu !? Vous avez une mine épouvantable ».

- Et vous, vous êtes de plus en plus belle !

- Trop mignon. Ne me flattez pas, je pourrais me laisser faire !

- Un jour je vous déclarerai ma flamme un genou à terre en tenant mon grand cheval fougueux par la bride et je vous emporterai loin de ce pays de gueux dans un magnifique château.

- Et une fois la flamme éteinte, je rentre chez moi en taxi ?

- Euh... Je vous l'appellerai, le taxi. Un peu de savoir-vivre quand même.

Madame Gelée se lève pour aller chercher un dossier. Elle a des jambes qu'il serait criminel de ne pas montrer. « C'est drôle, cette grosse femme, Brigitte. Je n'ai pas le droit de vous dire ça, mais elle a appelé le commissaire des dizaines de fois pendant des mois. J'avais l'impression que je passais mon temps à lui répondre. Et chaque fois il la prenait. Au bout d'un moment, il passait dans mon bureau au moins deux ou trois fois par jour en me demandant si Brigitte avait appelé. Ils ont joué comme ça pendant longtemps. Je crois qu'elle a fini par lui tourner la tête. Mais vous savez, j'ai l'impression que ça lui a fait du bien. Depuis son divorce, il n'y était plus, le pauvre. Et l'autre jour, je l'ai surpris en train de regarder mes fesses ».

La porte s'ouvre. Berche fait signe à Mathieu d'entrer et adresse un sourire à sa secrétaire. Mathieu se lève. « Vous avez raison, Madame Gelée, c'est très bon signe », dit-il.

Berche a retrouvé son sourire, son coup de menton avec une certaine densité en plus.

« Nous aurons l'intelligence de ne plus jamais revenir sur notre conversation de l'usine, Launay. Je veux quand même vous dire que je vais bien, beaucoup mieux, Bon. J'ai repris les armes. Il faut se battre pour être avec les autres. Si vous avez déjà goûté à la solitude au long cours, vous savez de quoi je parle.

- Je n'ai jamais connu de solitude au long cours mais je sais de quoi vous parlez.

- Là, en ce moment même, je suis en guerre. J'ai rarement été aussi vivant.

- C'est visible commissaire. Même madame Gelée s'en est aperçue.

- C'est un détail, mais c'est bien la première fois que je la vois depuis que je suis redevenu guerrier. Je n'avais pas remarqué jusque-là qu'elle a un cul d'une beauté extravagante.

Mathieu éclate de rire. « Toute la question est aussi de choisir ses adversaires et son arêne ». Il faut savoir sortir du cadre. Une minute ou dix ans, peu importe. Il y a des combats qu'il ne faut pas mener. Il y en a d'autres qui nous honorent ».

- On arrête là avec nos théories du Café de la Paix ?
- On arrête là.
- Vous avez revu Hébuterne ?
- Non.
- C'est un type formidable. Un vrai bonhomme. Il vous apprécie énormément.
- Il me l'a montré. Je dois lui rappeler ses jeunes années.
- Pas seulement.
- Toussaint a pu entendre Brigitte ?
- Pas encore. Vous verrez avec lui. Nous sommes sur d'autres fronts. Je ne peux rien vous dire pour l'instant. Demain, nous en saurons plus.
- Ça recommence…

67

Baldelli est en train de faire son show. La musique a rarement été aussi forte à la Paix. Le bar grouille de nuiteux sophistiqués qui se parlent en hurlant dans l'oreille de l'autre ou se trémoussent l'air nonchalant. Mathieu n'est pas très loin d'un gros baffle qui lui trifouille la dure mère à chaque fin d'ellipse rythmique. Un morceau de Tricky.

Baldelli est en train d'expliquer à deux jeunes futures profs toute la difficulté du métier d'enseignant. L'une d'elles veut absolument lui faire comparer l'acte physique d'enseigner, seul devant trente gosses aux théories de Guy Debord.

Mathieu s'emmerde assez puissamment. Une très grande fille chaussée de bottes est en train de le regarder au-delà d'une tablée de quadras agités. Il n'a même pas envie de jouer, même s'il se répète en boucle qu'il n'est pas question de baisser les armes.

La gonzesse finit par s'approcher. Elle s'accroupit à côté de lui. Mathieu est surpris par son parfum, du lilas, de la violette, un truc sucré et très légèrement ambré. En se penchant, un étrange phénomène textile se passe et un œil de Mathieu plonge tout à fait involontairement dans un décolleté panoramique total, jusqu'au petit pli entre la naissance du sein et celle du bras. Non, il ne faut pas se précipiter, enfouir son nez et sa bouche dans toute cette intimité-là, même si elle vient de s'offrir pendant trois millièmes de seconde. Mathieu doit faire appel aux règles élémentaires de la civilisation humaine pour réfréner ce que le droit naturel est en train de lui imposer.

- Salut. Je te vois malheureux.

- Non-non.

- Je suis Fanny, la copine de Milie, celle qui peint ses fesses et qui les expose un peu partout.

- Ah. Elle va bien ?

- Elle va t'appeler. Tu lui manques. Je crois que tu lui manques trop. Elle avait besoin de ce temps pour s'en rendre compte. Elle va revenir, mais en commençant par te mettre un énorme coup de pied au cul. Il faut que tu comprennes que tu dois t'occuper d'elle. Elle est fragile, elle a besoin de toi. Elle me dit souvent que tu es un mec génial.

- Pourquoi tu peins ses fesses ?

- Un jour, un lendemain de fiesta, nous avons pris une douche ensemble. C'était la première fois que je craquais sur une nana. Je trouve qu'elle a des fesses absolues.

- Je trouve aussi.

- Et pourtant, je ne suis pas lesbienne.

- Je n'ai pas besoin d'être rassuré. Si tu savais à quel point ce que tu viens de me dire me fait du bien. Je vais l'appeler…

- Non, surtout pas ! Décidément vous ne comprenez rien aux

filles. Laisse-là revenir. Il faut qu'elle ait à nouveau l'impression de s'abandonner. Il faut qu'elle décide que c'est plus fort qu'elle. Sinon, c'est mort.

- Donc j'attends ?

- Oui. Et tu m'offres un verre, et on rigole un peu, si tu veux.

- On peut parler encore des fesses de Milie ?

- Autant que tu veux. Même si par vanité, j'aimerais bien qu'on parle aussi des miennes. Mais ce n'est pas les miennes que j'ai peintes.

-Tu aurais pu.

-Tu imagines une gonzesse qui peint ses propres fesses et les expose partout. Pouah. Et puis je suis une fille. Les filles ont toutes un peu de mal à se sentir bien dans leurs fesses.

- Je suis en train de slalomer entre deux blagues pourries, celle de te demander de me les montrer pour que je puisse juger et l'autre de te répondre que le plus important est bien que les garçons se sentent bien dans les fesses des filles.

Fanny sourit. C'est un peu adipeux, mais ça passe quand même, tout juste. Baldelli a terminé son show. Les deux étudiantes lui tournent le dos maintenant. Il s'approche de Fanny avec la finesse d'un satyre joufflu, la lippe humide, le regard trouble et les mains inutiles. Il a dû boire deux ou trois bières de trop. Fanny, toujours accroupie, le laisse arriver. Une table se libère. Elle se déplie. Elle est très grande, mais très belle aussi. Mathieu va lui chercher un verre au comptoir, jouant des coudes dans la jungle alcoolisée et parvenant jusqu'à la serveuse avec difficulté. Pendant ce temps, Baldelli emballe.

68

Cinq ans ont passé. Après plus d'un an de procédure, Brigitte Duris a été condamnée à cinq ans de prison, dont 18 mois avec sursis. Toutes ses escroqueries l'ont rattrapée. Elle est restée plus de deux ans en détention où elle est devenue la coqueluche du quartier des femmes. Au point qu'on lui a confié la trésorerie de la cantine. Elle est sortie de prison il y a environ un an, avec le jeu des remises de peine.

Mathieu n'a pas assisté à tous les procès. C'est un autre collègue qui lui a donné le surnom d'Ogresse. Mathieu avait, depuis, couvert bien d'autres affaires, le mafioso repenti pourchassé par ses «amis» siciliens, l'affaire du syndrome du dimanche soir au service de soins intensifs du CHU, les places se libéraient mystérieusement pour que le service soit en ordre le lundi matin. Il y avait aussi les meurtres ultra-violents d'homosexuels au Grand Parc et puis cette disparition d'une dame de cinquante ans sur le parking d'un supermarché avec une secte spirite en toile de fond…

Milie n'était pas revenue. Elle a envoyé le manuscrit à Mathieu après un an de silence. Plusieurs fois, il a dû retenir ses larmes en découvrant avec quelle tendresse elle avait décrit le personnage et ce qu'il vivait avec son amoureuse. Mathieu n'a pu s'empêcher de la rappeler. Depuis, ils ont décidé de se garder, sans trop savoir ce que veulent dire ces mots-là. Ils s'appellent en secret de longues heures tous les trois à quatre mois en se disant que ça leur fait du bien. Milie a décidé de rester avec le père de ses enfants. Mathieu, lui, a connu quelques exaltations amoureuses mais bien trop fugaces et presque chaque fois aussitôt compromises. Dix fois il avait attrapé la boîte à ouvrir dans deux ans. Il ne l'avait pas ouverte.

Un matin, Mathieu reçoit un appel d'un délégué syndical

d'une grande association marseillaise de soins à domicile. « Je vous téléphone à propos de notre directrice générale. Elle est arrivée il y a huit mois. Personne ne sait comment elle a été recrutée. Nous avons recherché sur Internet. Nous avons trouvé certains de vos articles. Elle a mis le grappin sur le président de l'association qui est adjoint au maire. C'est devenu une vraie marionnette. Elle est en train de semer la pagaille. Elle fonctionne avec une cour, une garde rapprochée, qu'elle récompense à sa façon. Elle divise tout le monde. Et nous nous posons des questions sur des sommes d'argent qui disparaissent ».

Belfort, le 12 octobre 2010

ETT / ÉDITIONS ***T***ERRITOIRES ***T***ÉMOINS
www.territoirestemoins.net

Collection Borderline

Nancy seventies SQUATTEURS' STORY *Alexis Gleiss*
MAUVAISES NOUVELLES D'AFRIQUE
ET DES CARAÏBES *Christian Samson*
UNE SECTE ET QUELQUES MONSTRES *Didier Fohr*
CARABISTOUILLES FICTION *Léonard Taokao*
MAUVAISE HERBE *Léonard Taokao*
UNE VILLE SOUS INFLUENCE *Serge Radochévitch*
LES FILLES MALÉFIQUES *Didier Fohr*
MORTELS DESSEINS *Serge Radochévitch*
L'OGRESSE MET LE FEU *Didier Fohr*

Collection Dépendances

UNE AMIE QUI VOUS VEUT DU MAL *Annick Élias*
SUR LES PAS DE MON FRÈRE *Pierrick Gazaignes*
EMBELLIE *Claude Charles*
PÉCHÉS GOURMANDS *Annick Élias*
EMBUSCADES & COMBUCHA *Alexis Gleiss*
FAUVES ENTRE EUX *Claude Charles*

Collection Locutio

Mémoires de Templier
LA TENTATION DE LA CHAIR *Gilles Voydeville*

Collection Gourmande

Patrick Tanesy
LA CUISINE DE L'AMOUR *Rachel Valentin*

LE GRAND LIVRE GOURMAND DES
FÊTES CHRÉTIENNES.
Tome 1 : Rameaux, Pâques, Quasimodo
Tome 2 : Noël
Jean-Luc Mengin, Jean-Pierre Dézavelle, Joseph Koscher

Imprimé en France
Dépôt légal 2e trimestre 2013
ISBN 978-2-918634-20-1
ISSN 2013-5237

N° d'impression : 124409